Linda Franke
Für immer, oder nicht?

AF145289

Die Autorin

Linda Franke wurde im April 1994 in Bielefeld geboren. Bereits in früher Kindheit begann sie damit Kurzgeschichten zu schreiben. Als sie 2012 auf die Baleareninsel Mallorca auswanderte, begann sie mit dem Schreiben ihres ersten Romans „Für immer, oder nicht".

Linda Franke

Für immer, oder nicht?

Roman

Bibliografische Information der Deutschen Nationalbibliothek:

Die Deutsche Nationalbibliothek verzeichnet diese Publikation in der Deutschen Nationalbibliografie; detaillierte bibliografische Daten sind im Internet über http://dnb.dnb.de abrufbar.

Herstellung und Verlag: BoD - Books on Demand, Norderstedt

ISBN: 9783735779328

Prolog

Ein Lächeln huschte über ihr Gesicht, als sie beinahe geräuschlos einen Stein ins Wasser fallen ließ.

Sie hatte nicht bemerkt, dass es Abend geworden war, zu sehr bannte sie die unendliche Weite des Ozeans, der sich vor ihr erstreckte.

Als sie aufsah war die Sonne schon am Firmament verschwunden. Aufmerksam genoss sie die letzten Sonnenstrahlen, sog all die Gerüche, all die Bilder in sich auf. Es war ein Tag voller Emotionen gewesen, dabei hatte sie gar nicht viel gemacht. Ihr Körper zumindest hatte sich kaum bewegt.

Dennoch war sie an den schönsten Orten gewesen, hatte an den lieblichsten Blumen gerochen, während sie nur hier saß und auf das Meer hinausschaute.

Gedankenverloren stand sie auf und zog Linien in den Sand. Dann betrachtete sie lächelnd ihr Werk und ließ sich wieder auf den Steinen nieder.

Dort, wo sie saß hatte man den besten Blick auf die vielen Fischerboote, die friedlich schaukelten. Es war beruhigend. Unbewusst hatte sie sich einen der schönsten Plätze der Insel ausgesucht. Niemand zweifelte jemals daran - Dieser Platz gehörte ihr. Und sie gehörte hier hin. Kaum zu glauben, dass sie erst vor kurzem hergezogen war. Hatte es etwa je Zweifel daran gegeben, dass sie hier hin gehörte?

Sie zog die Brauen hoch und strich den letzten Satz durch. Was sie schrieb? Niemand wusste es, außer dem Ozean. Wenn gerade niemand hier war, dann las sie es vor. Es waren Gedichte. Wunderschöne. Oden, an das Meer. An ihre neue Heimat, die es eigentlich immer gewesen war. Und an diesen Jungen. Immer wieder tauchte er in ihren Texten auf. Er war der geheimnisvolle Fremde, ein Schatten ihrer selbst.

Sie legte den Stift nieder und blickte auf. Nun war die Sonne ganz verschwunden und alles war in dieses wunderbare Licht gehüllt. Sie liebte diese Zeit des Tages. Restaurants öffneten, die wenigen Touristen verschwanden von den Straßen. Die Bars füllten sich mit angenehmeren Gästen. Trotz des Rummels kehrte Ruhe ein. Eine tiefe, innere Ruhe.

Noch einmal ließ sie ihren Blick über die Weiten des Ozeans schweifen, genoss das Rauschen der Wellen, den warmen Sand unter ihren Füßen. Zufrieden lächelnd lief sie nach Hause.

Dort im Sand standen immer noch die Worte, unberührt von den Wellen.

»Träumerin«, sagte sie vor sich hin.

Gerade halte ich mein Abiturzeugnis in der Hand. Endlich. 13 Jahre schuften haben nun ein Ende. Das wurde auch Zeit. Die Schule und ich hatten nicht gerade das was man eine ‚innige Freundschaft' nennen würde. Aber jetzt, da alles zu Ende ist, werde ich doch ein wenig wehmütig. Wenn auch nur kurz. Denn endlich konnte ich das tun, was mir Spaß macht. Reisen, wohin ich will, arbeiten, als was ich will und endlich länger schlafen. Mit Schrecken stellte ich fest, dass mir der letzte Punkt wohl am wichtigsten war. Aber was würde ich jetzt tun, diese Frage war noch nicht geklärt. Ich würde gern schreiben, dass ich schon einen genauen Plan habe. Welche Uni, welches Fach oder was für eine Ausbildung. Aber die Wahrheit war: Ich habe leider keine besonderen Fähigkeiten. Ich schreibe gern Gedichte, aber davon kann man nicht leben, wenn man nicht gerade Goethe heißt, oder Schiller.

Da mich meine Gedanken leider kein Stück weiterbrachten, hatten Jess und ich beschlossen, ein Jahr lang in der Welt herumzureisen. Egal wohin, Hauptsache weg. Danach konnte ich mir immer noch Gedanken über meine Zukunft machen. »Wir Abiturienten seien die Zukunft«, hatte unser Direktor bei der Verabschiedung gesagt. Warum fühlte ich mich dann gerade eher wie ein nutzloses Stück Karton? Nina, die ist bestimmt die Zukunft. Sie will Ärztin werden. Aber ich sicher nicht.

»Kannst Du es glauben? Wir sind jetzt offiziell gebildet.« Jess schlang von hinten die Arme um mich.

»Zumindest auf dem Papier«, lachte ich.

Sie hakte sich bei mir unter und wir schlenderten ein letztes Mal die vertrauten Gänge der Schule entlang.

»Und, was meinst Du. Plant deine bessere Hälfte was für euren Jahrestag?«

Ich zuckte die Schulter. »Ich denke schon.«

Jess und ich waren seit der achten Klasse befreundet. Vorher war ich ein sozial ziemlich unverträgliches Wesen. Aber sie schaffte es, dass ich mich anderen Menschen mehr öffnete. Obwohl wir im Endeffekt sowieso nur zu zweit rumhingen. Und dann kamen Tom und Philip. Sie machten in dem Jahr Abitur, als wir zwei Freunde wurden. Eines Morgens kam sie angelaufen und erzählte mir aufgeregt »von dem tollen Jungen der sie im Bus angesprochen hat«. Philip, wie sich später herausstellte. Sie war total verschossen. Die beiden unterhielten sich von da an jeden Tag auf der Fahrt zur Schule und zurück. Irgendwann war es dann so weit: Sie wollten sich Tretten. Natürlich stand fest, dass ich Jess begleiten würde. Immerhin waren wir damals erst 14 und Philip schon 19. Also saßen wir drei nebeneinander auf unserer Picknickdecke und schwiegen uns an. Gott war das peinlich. Die sonst so selbstbewusste Jess brachte keinen Ton raus. Und dann kam Tom. Auch Philip hatte sich Verstärkung eingeladen, als er hörte, dass ich die beiden begleiten würde. Tom hatte schon damals ein sehr sonniges Temperament. So wurde der Tag doch noch ziemlich lustig. Ich war ziemlich beeindruckt von Tom. Als es dunkel wurde, nahm er mich beiseite. »Glaubst Du, Jess steht auf Philip?«

Er sah mich mit seinem großen Hundeaugen an. »Kann ich nicht sagen, aber denke schon.«

»Ach so.« Er sah traurig aus.

Im nächsten Moment verkündete Jess: »Ich muss mir kurz die Beine vertreten, Jen, kommst Du mit?« Stumm formte sie mit den Lippen: »Wir müssen reden«.

Wir drehten eine Runde um den See, an dem wir unsere Decke ausgebreitet hatten. »Du, Philip steht gar nicht auf mich«, sagte sie traurig, »sondern auf dich.«

Ich sah sie belustigt an. »Irgendwie passend. Dafür scheint Tom gesteigertes Interesse an dir zu haben.«

Ihre Augen weiteten sich. »Meinst Du wirklich? Er wirkt ja so erwachsen.«

Und so kam es, wie es kommen musste, wenige Tage später hatten sich zwei Paare gebildet. Seitdem sind wir vier unzertrennlich. Seit letztem Jahr wohnen wir auch zusammen. Also Jess und Tom haben einen eigenen Bereich im Haus seiner Eltern. Ist wirklich toll, sogar mit Gästezimmer; aber das tollste ist, dass er zwar Miete an seine Eltern zahlen muss, aber lange nicht so viel, wie die Wohnung eigentlich wert ist. Na ja, und da Philips Eltern sehr viel Geld haben, bezahlen sie die Miete für das kleine Apartment, das wir bewohnen. Ich mag die beiden echt gerne. Sie waren schon immer total nett zu mir, und seit meine Mom weg ist irgendwie meine Ersatzeltern.

Gerade setzte ich einen Fuß in die Wohnung und schloss die Tür. Dann bemerkte ich den Strauß roter Rosen auf dem Esstisch, daran befestigt war eine Nachricht:

Hallo mein Herz, Glückwunsch zum bestandenen Abitur! Ich wusste immer, dass Du es schaffen würdest. Heute Abend möchte ich mit dir gern einige Dinge besprechen. Ich warte im Maxim um halb 8. – Philip

Was hatte er mir wohl für Dinge zu sagen?! Geduld war nicht gerade meine größte Stärke … Das müsste Philip in den 5 Jahren, die wir heute zusammen sind, eigentlich gelernt haben. Er kennt mich besser als jeder andere, ist für mich wie ein Teil der Familie, die ich nicht mehr habe. Als meine Mutter vor drei Jahren mit irgendeinem Juan oder Javier nach Spanien durchgebrannt ist, hat mich Philips Familie aufgenommen. Was blieb ihnen auch anderes übrig? So schnell wie damals alles gegangen war. Meinen Vater kannte ich nicht, da meine Mutter es nie für nötig befunden hatte, ihn mir vorzustellen. Wahrscheinlich wusste sie selbst nicht genau, wer es war. Ganz ehrlich, das könnte ich mir sogar vorstellen. Man muss sich nur mal Fotos von früher angucken, wie sie damals rumgelaufen ist! Ich meine, wenn ich so rumlaufen würde, hätte ich von ihr direkt drei Monate Hausarrest bekommen. Daher hatte ich schon früh beschlossen das »Mutter werden« sehr weit nach hinten zu verschieben. Ich möchte nicht irgendwann zuhause sitzen und denken: »Gott, was habe ich alles falsch gemacht. Ich suche mir jetzt einen Spanier und verlasse mein Kind um meine Jugend nachzuholen.« Aber gut. Ich will mich nicht beschweren. Seit neustem läuft nämlich endlich mal alles perfekt bei mir. Eigentlich eher untypisch. Da Kinder ja noch zwanzig oder dreißig Jahre Zeit haben, wollen wir uns einen Hund anschaffen; das heißt, ICH will einen Hund. Philip ist gegen Tierhaare allergisch. Oder vielleicht sagt er das auch nur, weil er insgeheim lieber einen Vogel möchte. Ich habe ihn nämlich noch nie niesen sehen, wenn seine Cousine mit ihrem Labrador vorbeigekommen ist. Plötzlich fiel es mir wie Schuppen von den Augen: Er hat mir bestimmt einen Welpen gekauft! Wenn das Mal nicht das beste Geschenk überhaupt wäre. So quasi zum Start in unser gemeinsames Leben. Oh Mann, hoffentlich geht die Zeit schnell rum, ich konnte es nicht erwarten, Philip zu sehen.

Mittwoch, 25. Juli, 19:30 Uhr – im Maxim

Als ich ankam, wartete er bereits am Tisch. Er stand sofort auf und zog meinen Stuhl vor. »Du siehst toll aus«, sagte er.

»Das Styling hat auch lang genug gedauert«, scherzte ich.

Als ich mich hinsetzte, veränderte sich plötzlich sein Gesichtsausdruck. Ein nervöses Lächeln huschte über sein Gesicht. »Du weißt ja, dass heute ein ganz besonderer Abend ist.« (JA. Und jetzt rück schon den Welpen raus.)

Er strich sich nervös über sein Handgelenk. »Wir blicken zurück auf fünf gemeinsame Jahre, in denen wir so einige Rückschläge zusammen durchgestanden haben. Ich hoffe, unsere Beziehung ist auch stark genug für das, was ich dir jetzt sagen muss.« Er sah angespannt aus. Irgendwie verkrampft.

»Was ist denn passiert?«

»Hör zu ...«, begann er. Das klang aber ganz und gar nicht gut. Und schon gar nicht, als würde er mir gleich ein unglaublich tolles Geschenk machen. Mein Magen verkrampfte sich und ich fühlte, wie sich ein Kloß in meinem Hals bildete.

»Ich habe echt Mist gebaut«, fuhr er fort.

Wovon sprach er bitte?

»Weißt du, es war aus einer Partylaune heraus. Ich war total betrunken.«

Mein Blick versteifte sich. Mit eiskalter Stimme zischte ich: »WAS hast du getan?«

Immer noch Mittwoch, 25. Juli, 21 Uhr - in der U-Bahn

Ich kann es nicht glauben … Ich bin immer noch völlig aufgelöst. Seine Worte hallten in meinem Kopf und hinterließen einen stechenden Schmerz. »Ich habe Vanessa geküsst. Auf ihrer Party letzten Samstag. Es hat nichts bedeutet. Ich liebe nur dich, bitte glaube mir das!« Wie konnte er mir so was antun, nach allem was wir zusammen erlebt haben. Ausgerechnet Vanessa, diese miese Schlampe. Ich habe es immer geahnt. Ich sage nur Chefsekretärin, *hust* … Oh Gott, was mache ich denn jetzt, und wo soll ich hingehen? Oder eher, wo soll Philip hingehen. Ich beeile mich, vor ihm nach Hause zu kommen und lasse den Schlüssel stecken. Soll er doch sehen, wo er bleibt. Auch wenn er mir verzweifelt versuchte zu versichern, dass außer dem Kuss nichts gelaufen ist, wer mein Vertrauen einmal missbraucht tut es bestimmt auch ein zweites Mal. Wir waren fünf Jahre zusammen, fünf! Das alles schmeißt er einfach so weg, hinter dem Tarnmantel ‚Ich war betrunken'. Das habe ich ihm dann auch regelrecht entgegengebrüllt. Ich war völlig außer mir. Und was tut er? »Jenna beruhige dich, es ist doch nicht so eine große Sache.« Was soll das bitte heißen, keine große Sache?! Wenn er nicht will, dass ich ausraste, dann soll er seine Zunge bei sich behalten! Ich dachte immer, Philip wäre total einfühlsam, jedenfalls war er es, als meine Mutter damals abgehauen ist. Gut, in letzter Zeit lief es nicht immer besonders gut zwischen uns, aber ich war mir immer sicher, dass er mich nie verletzen würde. Ich habe ihm dann noch entgegengeschrien, dass er mich mal kann, und ich nicht mehr mit ihm reden will. Dann bin ich rausgerannt.

Schluchzend kramte ich nach einem Taschentuch. Als ich aufsah, bemerkte ich, dass die Leute in der U-Bahn mich anstarrten. Ich lief sofort rot an. Manchen Leuten ist auch nichts peinlich. Hatten die etwa noch nie ein Mädchen weinen sehen? »IST WAS?!«, schniefte ich vor mich hin. Entrüstet wandten sie ihren Blick ab und tuschelten. Immerhin hatte mich dieser kleine Aufreger kurzzeitig abgelenkt und ich weinte fast gar nicht mehr. Dann wurde endlich meine Station angeschlagen und ich verließ mit einem letzten bösen Blick den Waggon.

Ich werde nie mehr aufstehen. Meinem Bett ist es egal, wie ich aussehe. Es geht mir niemals fremd und ich kann ihm alles erzählen. Ich muss nur noch einen Weg finden, wie ich Philip aus meinem Kopf verbannen kann. Was mir die 15 Nachrichten von ihm auf dem AB und sein ständiges Geklopfe an die Haustür deutlich erschweren. Oke, er wollte bestimmt gern duschen und sein Bett hat ihm sicher gestern Nacht auch gefehlt, aber ich wollte ihn nicht mehr sehen. Nie mehr. Er hat mich gedemütigt und mein Herz gebrochen.

Da, es klopft schon wieder. »Jenna?«, hörte ich Jess rufen. »Mach auf, ich weiß, dass Du da bist.«

Alles drehte sich, als ich mich langsam aus dem Bett pellte. Mit tränennassem Gesicht und in meinem Snoopy Pyjama öffnete ich ihr die Tür.

»Oh Gott, wie siehst Du denn aus? Hast Du überhaupt eine Ahnung, wie spät es ist?!«

»Na vielen Dank auch!«

»So war das doch nicht gemeint. Komm erst mal her und beruhige dich. Dein Philip hat mich völlig aufgelöst angerufen, Du hast ihn ausgesperrt?« Sie lächelte amüsiert.

»Er ist nicht mehr ‚mein Philip‘.«

»Oh Jenna ...«

Nachdem ich mir alles von der Seele geredet hatte, fühlte ich mich gleich besser. Jess hatte eine eigenartig beruhigende Wirkung auf mich, fast wie meine Mutter. Trotzdem fühlte ich noch immer diese große Leere in mir. Am liebsten würde ich einfach wieder zurück ins

Bett gehen. Doch diesen Gedanken trieb sie mir schnell wieder aus. Um mich auf andere Gedanken zu bringen, vernichteten wir eine 200-Gramm-Tafel Schokolade. Das würde sich morgen sicher rächen, aber das war in diesem Moment egal; jetzt ist nicht die Zeit, um Kalorien zu zählen. Oke, wenn ich ehrlich bin, ist für mich nie Zeit dazu. Ich bin einfach schrecklich undiszipliniert. So habe ich mir zum Beispiel schon oft fest vorgenommen, während der Schulzeit früher ins Bett zu gehen, oder morgens eine halbe Stunde eher aufzustehen, damit ich mich noch ordentlich fertigmachen kann. Tja, was soll ich sagen – im Endeffekt lief ich tagtäglich wie eine Vogelscheuche rum, weil ich alles in letzter Minute erledigen musste. Trotzdem hatte Philip sich damals in mich verliebt; und jetzt ist alles aus...

»So«, sagte sie schließlich, »Jetzt packen wir deine Sachen, Du schläfst heute Nacht bei mir. Wer weiß, vielleicht vertragt ihr euch ja doch wieder.«

Ich verschränkte die Arme und blickte finster drein. »Wohl kaum.«

Sie sah mich mitleidig an. »Warten wir erst mal ab, wie er sich verhält. Fünf Jahre sind eine lange Zeit, Jenna.«

»Das hätte er sich vorher überlegen sollen«, fauchte ich.

Donnerstag, 26. Juli, 17:30 Uhr – Hacienda de Jess

Nachdem Jess mich – fast ohne Zwang – runter ins Auto und dann zu sich gebracht hatte, steckte sie mich in die Dusche. Ich musste wirklich unangenehm riechen.

Als ich frisch geduscht und umgezogen aus dem Bad kam hielt sie mir eine Tasse mit Kakao hin und klopfte neben sich aufs Sofa. »Setz dich.«

»Du bist echt die Beste, weißt Du das?«

»Ach, ich hab da mal so was gehört. Tom schiebst Du schon mal die Pizzen in den Ofen?«

»Heißt das, ich bekomme wieder nur Fertiggerichte? Das hat mir aber keiner gesagt, als ich mit dir zusammengezogen bin.« Er duckte sich, als Jess ein Kissen nach ihm warf. »Ach übrigens, Philip hat ein oder zweimal angerufen. Na ja, eigentlich noch öfter, aber ich habe irgendwann das Telefon stumm geschaltet. Ruf den armen Kerl doch mal zurück, er leidet wirklich.« Tom bückte sich und legte die Pizzen aufs Backblech. »Außerdem ... Seien wir mal ehrlich, es war nur ein Kuss. Meinst Du nicht, du übertreibst etwas?«

Ich brachte keinen Ton raus. Jess stellte sich schützend vor mich. »Nur ein Kuss? Es geht ums Prinzip! Wenn das Vertrauen erst einmal einen Knacks hat, ist das nur schwer wieder zu kitten.«

Tom verdrehte stumm die Augen. Er wollte wohl keinen Streit mit ihr provozieren, sehr klug von ihm. Sie konnte manchmal so stur sein. Doch heute Abend war sie für mich da. Wir tranken warmen Kakao und schauten uns alle unsere Lieblingsfilme aus Kindertagen an. Das war schon zu einer Art Ritual geworden, wenn es einem von uns schlecht ging.

Tom hielt sich von nun an im Hintergrund, aber ich bemerkte seine skeptischen Blicke.

»Cinderella ist bestimmt auch nicht so glücklich, wie sie tut. Ihr Freund ist total oberflächlich, der liebt nur ihr Aussehen. Und keiner kann mir erzählen, dass einem Prinzen eine einzige Frau genügt.« Verächtlich steckte ich mir eine Hand voll Chips in den Mund. »Was gibt's da zu lachen?«

Jess kicherte in sich hinein. »Tut mir leid. Du bist einfach total lustig, wenn du sauer bist.« Sie tätschelte meinen Kopf, als ich die Arme verschränkte. »Es wird alles wieder gut, oke?«

»Wenn Du das sagst.« Müde legte ich meinen Kopf in ihren Schoß und dann fielen mir langsam die Augen zu...

Mich empfing der Duft von Kaffee und Croissants. Gab es eine schönere Art aufzuwachen? Einen Moment lang dachte ich, es wäre alles nur ein böser Traum gewesen. Doch als ich die Augen aufschlug, realisierte ich, wo ich mich befand.

Noch immer verschlafen setzte ich mich an den Esstisch.

»Guten Morgen«, flötete Jess. Wie konnte sie nach dem Aufstehen bloß so gute Laune haben.

»Morgen«, brummelte ich.

»Jenna, wir haben heute Großes vor!«

»Oh Gott.«

»Ich habe einen kleinen Anschlag auf dich vor.« Oke, was kam jetzt? »Ich habe gehört, dass die bei der Zeitung Faktum noch Leute für die Redaktion suchen. Es war doch immer dein Traum, dort ein Praktikum zu machen. Also hab ich dir einen Vorstellungstermin gemacht!« Sie war völlig aus dem Häuschen über ihre eigene tolle Idee.

Mein Körper befand sich im Schockzustand. »Ist das jetzt dein Ernst?«

»Na klar! Du musst auf andere Gedanken kommen. Zeig allen, was Du für eine Powerfrau bist. DU lässt dich nicht von einem Mann runterziehen.«

Seit wann war ich denn eine Powerfrau? Ich würde mich eher als faul und unsicher bezeichnen. »Jess, ich kann unmöglich ...«

Sie legte mir ihren Finger an den Mund. »Ruhe. Ich weiß, dass Du das kannst.« Prüfend sah sie mich an und ließ den Finger sinken. »Der Personalchef soll echt sympathisch sein, und du kannst doch schreiben. Jetzt glaub doch mal ein bisschen an dich.«

»Entschuldigung, dass ich heute nicht auf Hochtouren laufe. Ich habe gerade erfahren, dass mein langjähriger Freund mich betrügt, und schlafe im Gästezimmer meiner Freundin. Ich könnte mir Situationen vorstellen, in denen ich selbstbewusster wäre.« Doch jeglicher Protest half nichts; wenn Jess sich was in den Kopf gesetzt hat, dann bringt sie keiner so schnell davon ab.

Hier sollte ich mich also bewerben, als ob ich eine Chance hatte.

»Mach dir keine Sorgen, die werden dich sicher nehmen«, sagte Jess, als hätte sie meine Gedanken gelesen.

Inmitten der imposanten Eingangshalle stand ein marmorner Empfangstresen. Souverän schritt Jess direkt darauf zu. Etwas weniger souverän schlurfte ich hinterher.

»Wir haben einen Termin bei Stanley Thissen.« Die Frau hinter dem Tresen nickte nur kurz und griff dann zum Telefonhörer. »Gehen sie gleich durch, vierte Etage, die erste Tür auf der rechten Seite.«

Mit weichen Knien wackelte ich zum Aufzug. »Ich bringe dich um«, zischte ich, als sich die Aufzugtüren schlossen. Oben angekommen stand ich wie angewurzelt da. Die Tür zu Stanley Thissens Büro wirkte bedrohlich, langsam machte sich Panik breit. Jess drückte aufmunternd meine Hand. »Du schaffst das.«

Tapfer lächelte ich ihr zu und klopfte an die Tür. Eine tiefe Männerstimme antwortete: »Herein.«

»Ehm, Herr Thissen, mein Name ist Jenna Mayer und ich bin hier wegen des Praktikumsplatzes.« Er nickte wissend und bedeutete mir Platz zu nehmen. Für einen Personalchef war er noch ziemlich jung, Ende zwanzig, Anfang dreißig vielleicht. Er hatte eine mächtige Ausstrahlung. Freundlich aber bestimmt. Ich merkte gleich, wie er meinen Körper von oben bis unten musterte. Es war mir unangenehm. Schließlich lächelte er und sagte: »Also, Frau Mayer, erzählen Sie mir etwas mehr über sich.«

Ich überlegte kurz. Da gab es eigentlich nicht besonders viel. »Ich habe gerade mein Abitur gemacht und wollte schon immer einen Job finden, bei dem ich meine Fähigkeiten Texte zu formulieren einbringen kann. Ich habe auch einige von mir verfasste Texte mitgebracht.« Mit zitternder Hand reichte ich ihm meine Bewerbungsmappe.

Er überflog die Seiten kurz und sah dann auf. »Das hört sich alles schon ganz gut an, aber Fakt ist, wir haben jedes Jahr hunderte Bewerber mit teilweise schon jahrelanger Berufserfahrung. Da müssen Sie schon anders punkten.«

Ich schluckte. Genau das hatte ich schon befürchtet.

Er sah mich eine Weile eindringlich an. »Ich will Ihnen einen Vorschlag machen, da Sie mir gefallen.« Seine dunklen Augen verrieten nicht im Geringsten, was er dachte. »Sie begleiten mich morgen Abend zu einem Betriebsbankett und dann sehen wir, ob Sie in unsere Firma passen. Wenn wir uns einig werden bekommen Sie zunächst einen Praktikumsplatz mit guten Chancen auf Übernahme durch den Betrieb. Sofern Sie sich nicht allzu dämlich anstellen.«

Er sah selbstsicher aus, siegesgewiss. Er hatte mich vollkommen überrumpelt. Ich konnte dieses unmoralische Angebot unmöglich annehmen. Ich prostituiere mich doch nicht für einen Praktikumsplatz. Außerdem hatte ich offiziell schließlich noch einen Freund.

»Ehm, ich fühle mich sehr geschmeichelt, aber ...«

»Nein, nein«, unterbrach er mich. »Bevor sie ablehnen, denken Sie noch einmal drüber nach. Es bedeutet eine große Chance. Und es ist schließlich nur ein Abend.« Er sah mich erneut eindringlich an, und hielt mir seine Hand hin, als würde er mich zum Tanz bitten. Zögernd reichte ich ihm meine Hand und brachte ein gequältes Lächeln hervor.

»Wunderbar«, säuselte er. »Der Fahrer wird um sechs bei Ihnen sein.« Mit diesen Worten drückte er meine Hand und geleitete mich zur Tür. »Bis dann, ich freue mich. Samstag klären wir alles Weitere.«

»Bis dann«, krächzte ich. Die Tür fiel hinter mir ins Schloss.

Jess bemerkte sofort meinen schockierten Blick. »Und..?«

»Ich, eh, ich denke ich hab den Job.«

»Aber das ist doch klasse!« Sie nahm mich in den Arm. »Oder nicht?« Besorgt sah sie mich an. »Nun sag schon!«

»Ich habe den Job. Sofern ich ihn zu irgendeiner Betriebsfeier begleite.« Ihre Augen weiteten sich. »Aber Du hast doch wohl nicht … Sag mir bitte nicht, du hast zugesagt?!«

Nach einer langen Diskussion über Moral und Werte kamen wir schließlich bei Jess an. Tom erwartete uns bereits. »Na Mädels, wie ist es gelaufen?«

»Jenna prostituiert sich neuerdings«, sagte Jessica spitz. Ich verdrehte die Augen. »So ein Quatsch. Es ist nur eine Feier und da sind noch hunderte andere Leute.«

»Wovon redet ihr zwei bitte?«

»Stanley Thissen hat mich zu einem Betriebsbankett eingeladen. Keine große Sache. Dafür bekomme ich den Praktikumsplatz. Aber schau mal, da gehen jeden Tag so viele Bewerbungen ein, und ich bin auch schon reichlich spät dran, da ist das eine echte Chance.« Ich sah Tom flehend an.

»Also wenn ich das jetzt so höre, klingt das schon ein wenig nach Prostitution.« Er lachte, als ich ihn finster anschaute.

»Jenna?« Jess klang ungewohnt kleinlaut. »Ich muss dir noch was gestehen. Bitte hass mich jetzt nicht.«

Ich starrte sie verwirrt an.

»Es geht darum, WER mir gesagt hat, dass bei Faktum Leute gesucht werden. Ehm, sie ist dort Sekretärin und …«

»Nein, nein nein! Sag, dass das nicht wahr ist!«

»Es tut mir leid! Aber wenn Du es gewusst hättest, wärst Du sicher gar nicht erst hingegangen.«

»Sehr richtig! Sie hat meinen Freund geküsst!«

Entschuldigend reichte sie mir die Gummibärchentüte. »Wenn Du in der Redaktion arbeitest, wirst Du ihn auch gar nicht begegnen! Hakuna Matata Jenna?«

Unter einem gequälten Seufzer schlug ich die Hände vors Gesicht und ließ mich nach hinten fallen.

Bringt mich doch gleich um. Ehrlich.

Samstag, 28. Juli, 9:30 Uhr - bei Jess

Als ich mich an den gedeckten Frühstückstisch setzte, spürte ich Jess' und Toms verheißungsvolle Blicke auf mir. Was hatte das nun wieder zu bedeuten? Zwei Sekunden später wusste ich es: Auf dem Tisch stand eine Vase mit gefühlten 200 roten Rosen. Ich sah die beiden an. »Für mich?«

Jess nickte und musste sich auf die Lippe beißen, um nicht laut loszulachen. Bevor ich die Karte las, holte ich tief Luft.

Ich freue mich schon sehr auf unser Treffen heute Abend. Sehen Sie doch mal in die Schachtel, ich hoffe es trifft Ihren Geschmack. Bis dann – Stanley

Oh. Mein. Gott. Er hat mir ein Kleid gekauft! Und zwar kein biederes schwarzes Abendkleid, nein, es ist knallpink und verboten tief ausgeschnitten. Was hat er sich nur dabei gedacht?! So kann ich da auf gar keinen Fall aufkreuzen. Ich stöhnte verzweifelt. Nun konnten sich Jess und Tom nicht mehr beherrschen und amüsierten sich lautstark über mein gequältes Gesicht.

»Jaja, habt ihr Mal euren Spaß. Aber Jess, soweit ich weiß, hast Du auch noch keinen Ausbildungsplatz. Wer weiß, was Du dafür alles tun musst.« Ich grinste. Tom kniff die Augen zusammen. »Na, da habe ich aber auch noch ein Wörtchen mitzureden.« Mit diesen Worten gab er ihr einen Kuss und verschwand aus dem Zimmer.

»Mach dir keine Sorgen, es wird schon alles gut gehen.« Jess umarmte mich und stand dann auf. »Ich muss jetzt auch los, noch einige Dinge besorgen. Willst Du mitkommen?« Ich schüttelte den Kopf.

»Na gut, dann mach's dir mal gemütlich.«

Ich beschloss, auf den Schreck erst mal ein Bad zu nehmen. Nichts entspannt mich besser. Dazu gedämmtes Licht oder Kerzen und die sanften Klänge von Leona Lewis. Adiós Welt, bis später Mal.

Doch mein Glück währte mal wieder nicht lange. Als ich gerade voller Inbrunst ‚A Moment like this' mitträllerte, vibrierte mein Handy. Es war Jess.

Hey Süße, Du willst gar nicht wissen, wen ich gerade getroffen habe.

Und Du schreibst mir weil?

Du es trotzdem wissen musst … Vanessa kommt zu diesem Bankett (das haben wir ja eh schon geahnt) aber es kommt noch viel, viel schlimmer …

Na rück schon raus damit, viel schlimmer kann es doch gar nicht mehr werden.

(Ich verfluche mich im Nachhinein für diesen Satz.)

Sie kommt mit Philip …

Oke, das war's. So sterbe ich also. Mein Herz setzte aus und ich ließ mich langsam unter Wasser sinken. Das passierte doch gerade nicht wirklich. Ich werde ihn umbringen. Wiederbeleben und nochmal umbringen. Und dieses miese Arschloch hat versucht mir weiszumachen er würde nur mich lieben. Alles klar. Ich glaub ich gehe wieder ins Bett.

Ich wollte durch mein wunderbares Traumland schweben, in dem noch alles in Ordnung war. Philip und ich, Hand in Hand. Die Vögel sangen und es gab keine Sorgen. Es konnte einfach nicht sein, dass mein Freund – mit dem Ich mir gerade noch einen Hund kaufen wollte – jetzt mit einer anderen zusammen ist. Bestimmt war alles nur ein böser Traum, viel zu unwirklich war diese Vorstellung für mich. Bis vor ein paar Tagen war ich mir eigentlich sicher, dass uns nichts so schnell auseinander bringen würde, denn es gab eigentlich nie Grund, an unserer Beziehung zu zweifeln. Außer vielleicht die Tatsache, dass ich nicht unbedingt brennende Leidenschaft empfinde, wenn wir uns küssen. Aber das ist sicher normal, wenn man fünf Jahre zusammen ist. Hauptsache ist doch, dass man sich gut versteht und auch mal 24 Stunden aufeinander hocken kann, ohne gleich einen Krieg zu starten. Oke, am Anfang war es schon noch schwierig. Als ich zu ihm und seinen Eltern gezogen bin, meine ich. Damals hatten wir nur ein Zimmer zur Verfügung und da sind wir uns schon manchmal ganz schön auf die Nerven gegangen. Normal würde ich sagen. Am Abend oder spätestens am nächsten Tag war wieder alles vergessen. Doch so einfach war es diesmal nicht...

Jess riss mich aus meinen Träumen; Träume, die gar keine waren. Denn einschlafen konnte ich – nachdem ich wusste, dass Philip mit Vanessa zusammen ist – nun wirklich nicht mehr. »Jenna, ich hab schon gedacht Du bist tot, kannst Du nicht mal an dein Handy gehen?«

»Ist nicht hier«, brummelte ich. Dann rissen mir weiche Hände die Decke weg. Das grelle Licht der Sonne brannte in meinen Augen. »Naaaaah«, schrie ich und hörte mich dabei an wie irgendeine lichtscheue Kreatur aus der Unterwelt.

»Statt hier herumzulungern«, fuhr sie fort, während sie mich aus dem Bett schleifte, »werden wir jetzt mal einen Schlachtplan für heute Abend entwickeln.«

Auch wenn ich weiß, dass sie Recht hat, wurde mir beim Gedanken an heute Abend total schlecht. Ich konnte und wollte mir Philip einfach nicht mit Vanessa zusammen vorstellen. Was ist denn das für eine Art, sich von heute auf Morgen eine Neue zu suchen?! So langsam verwandelte sich meine Traurigkeit in Wut. »Oke, dann los«, sagte ich enthusiastisch zu Jess. Begeistert klatschte sie in die Hände und zog mich mit sich in die Küche. Was würde ich ohne sie bloß machen.

Samstag, 28. Juli, 15 Uhr – bei Jess

Noch drei Stunden, bis mich jemand abholt. Tja, was sollte ich so lange machen … Nachdem ich die ganze letzte Nacht schon nicht geschlafen hab, floss der Kaffee nur so in Strömen um die Kopfschmerzen zu bekämpfen. Ich versuchte mich zu erinnern, wann die Kaffeesucht bei mir eigentlich angefangen hatte. Wahrscheinlich kurz, nachdem ich in die Oberstufe gekommen bin. Ich hatte viel zu viele Kurse, viel zu viel Stunden, und vor allem: viel zu viel Hausaufgaben. Ohne Kaffee hätte ich das wohl nicht überlebt. Schon irgendwie traurig mit gerade mal 19 Jahren kaffeeabhängig zu sein. Wenn ich mich richtig erinnere, dann hat Mom auch immer viel Kaffee getrunken. Mein Gott; 3 Jahre ist es schon her! Damit ich nicht weiter meinen Gedanken nachgehen konnte, machte ich den Fernseher an sah mir das Nachmittagsprogramm an. Aber ich konnte mich trotzdem auf nichts anderes konzentrieren als auf das, was mich heute Abend erwartete. Das pinke Kleid hing bedrohlich am Türrahmen. Es starrte mich an. Okay, ich drehe durch. Ganz ruhig. Atmen. Ein, aus. Puh. Jess schien das ganze offensichtlich ausgesprochen amüsant zu finden. Ich nicht. Vor allem, nachdem Stanley ja nicht lang zu fackeln schien. Aber ich habe einen Plan: Nicht zu viel Alkohol, immer unter Leuten bleiben und ihm auf keinen Fall gestatten mich zur Tür zu bringen. So würde ich schon durch den Abend kommen. Inzwischen war es 16 Uhr. Nur noch 2 Stunden!! Ich sollte einfach absagen. Ich finde schon irgendwo anders einen Praktikumsplatz. Das dürfte ja wohl nicht so schwer sein. Andererseits bieten sich durch den heutigen Abend auch noch ganz andere Möglichkeiten ... Ich gehe hin, werde wunderschön aussehen und Philip wird es bereuen mich verloren zu haben. Ha! Er rechnet nicht damit, dass ich auch da sein werde, ich habe also das Überraschungsmoment auf meiner Seite. Ich bin vorbereitet und kann ihn mit einem bezaubernden Lächeln empfangen. Wenn ich nicht vorher gestorben bin. Gerade fühle ich mich nämlich alles andere als stark und unbesiegbar. Meine Beine sind weich wie Watte und ich fürchte, jeden Moment in Ohnmacht zu fallen.

Samstag, 28. Juli, 17 Uhr

Ich lebe noch. Ich bin frisch geduscht und habe mir schon das gefühlt tausendste Mal meine Nägel gefeilt. Sie sind inzwischen ganz schön kurz. Ich laufe auf und ab und habe keine Ahnung, wie ich die nächste Stunde durchstehen soll.

Samstag, 28. Juli, 17:30 Uhr

Nur noch eine halbe Stunde. Ich sitze hier in der Wurstpelle aus pinken Satin, meinen Ventilator starr auf mich gerichtet. Meine Locken werden von sanften Windböen erfasst. Wenn ich die Augen schließe, kann ich fast vergessen, was mir gleich bevorsteht. Als ich früher mit meiner Mutter ans Meer gefahren bin, habe ich es am meisten geliebt, mich in den Wind zu stellen und mir die steife Brise um die Ohren wehen zu lassen. Das Meer hat etwas Beruhigendes, ich habe oft stundenlang dagesessen und auf den Horizont hinaus geblickt. Damals war die Welt für mich noch in Ordnung.

Samstag, 28. Juli, 18:10 Uhr

Oh nein … Es ist so weit, ich sitze also wirklich in der schwarzen Protz-Limousine von Stanley Thissen. Immerhin werde ich ihm erst am Eingang begegnen. Bis dahin habe ich noch etwa 10 Minuten Zeit. Zeit, um mit jeder Sekunde nervöser zu werden. Wie wird Philip wohl reagieren, und wie ich? Alles, was ich mir vorher zurechtgelegt hatte, war wie weggeblasen. Ich wusste schon jetzt, es würde brutal werden.

Es fällt mir schwer, das zuzugeben, aber Stanley sieht wirklich gut aus. Seine breiten Schultern kommen in dem schwarzen Sakko erst richtig zur Geltung. Und er ist nett! So richtig nett, ein wahrer Gentleman. Schon fast könnte man vergessen, auf welch plumpe Art und Weise er mich eingeladen hatte.

Obwohl ich gerne im nächstbesten Blumentopf verschwunden wäre, riss ich mich zusammen, lächelte und ging erhobenen Hauptes durch den Raum. Immer darauf bedacht, Philip meine Botschaft zu vermitteln: Das hast Du nun davon. Aber ich konnte ihn nirgendwo entdecken. Und ehrlich gesagt war ich froh darüber. Ich war ganz und gar nicht bereit für so ein Treffen. Es beschäftigte mich mehr, als ich mir eingestehen wollte, mehr als Stanleys mögliche Absichten oder was die Leute wohl von uns dachten.

Ich sah eine Frau auf uns zukommen. Ihr Kleid war bodenlang und jede ihrer Bewegungen war elfengleich. Sie lächelte. »Stanley! Das ist ja eine halbe Ewigkeit her! Wie geht es deiner Frau?«

»Blendend wie immer. Und Dir?«

»Ach, ich kann nicht klagen …«

Den Rest ihrer Konversation nahm ich nur noch verschwommen wahr. Er war verheiratet?! Er schien sich kein bisschen ertappt zu fühlen, seine Stimme klang als wäre es das normalste der Welt mit irgendeinem fremden Mädchen auszugehen, anstatt mit seiner Frau.

»Wer ist Deine Begleitung?«, hörte ich die Frau sagen.

»Jenna Mayer. Sie hat sich gegen die anderen Bewerber durchgesetzt und wird unsere neue Praktikantin.«

»Na, dann wünsche ich Ihnen beiden noch ganz viel Spaß.« Sie zwinkerte mir zu und präsentierte uns beim Gehen ihren wunderschönen Rücken. Stanley grinste noch immer amüsiert vor sich hin. Offenbar schien es keiner der beiden als unüblich zu empfinden, wenn der Chef mit einer Praktikantin bei einem Bankett auftaucht.

Mein Blick wanderte durch den Raum, von Frauen in traumhaften Abendkleidern zu Männern in schicken Sakkos zu …

Philips Anblick traf mich völlig unvorbereitet und mit voller Härte.

Seine Augen strahlten im Licht der Scheinwerfer wie blaue Diamanten. Er trug sein Sakko offen über einem braunen Hemd und Jeans. Leger und doch elegant. Seine dunklen Haare verdeckten leicht die Stirn, der 3-Tage-Bart gab ihm etwas Geheimnisvolles. Er lehnte lässig an der Wand und unterhielt sich mit … Vanessa! Ich schüttelte mich und mir fiel meine eigentliche Mission wieder ein: Philip umbringen.

Als Vanessa lachte warf sie ihre blonde Mähne zurück und entblößte ein tieferes Dekolleté als meines. Ich hatte gedacht, dass das eigentlich nicht mehr möglich wäre. Ich beschloss es ihr gleich zu tun. Wenn Philip auf so was stand, fein. Stanley bringt mir gerade ein Glas Wein. »Vielen Dank«, hauchte ich mit meiner süßesten Stimme und klimperte verführerisch mit den Wimpern, Philip stets im Blick. Und tatsächlich sah er genau in diesem Moment zu uns rüber. Ich spielte mein Theater weiter. »Stanley, Sie sehen so muskulös aus, trainieren Sie?« Er winkte selbstgefällig ab und hielt mir den Arm hin. Ich fühlte und stellte fest, dass er wirklich ganz schöne Muskeln hatte. Ich muss gestehen, dass ich erschrocken über mich selbst war. So rede ich eigentlich NIE mit Männern, da bin ich gar nicht der Typ für. Aber wenn ich dadurch Philip eins auswischen konnte, war mir alles recht.

»Wollen wir den Abend nicht an einen … Etwas ruhigeren Ort verlegen?«, säuselte Stanley. Na klasse, noch nicht mal richtig eingestellt und schon werde ich von meinem Chef angemacht, auch wenn ich mir das vielleicht selbst zuzuschreiben hatte. Als ich gerade noch nach Worten rang, tippte mir jemand auf die Schulter. »Jenna? Ich wusste nicht, dass Du auch hier sein würdest.« Philip lächelte zaghaft. »Versteh das bitte nicht falsch, ich bin zwar mit Vanessa hier, aber nur weil sie mich gebeten hat. Wir sind nicht zusammen oder so. Das was ich dir gesagt habe war die Wahrheit.«

Stanley musterte Philip belustigt. »Ihr Freund?«

»Ehm …« ich hatte wirklich keine Ahnung, was ich darauf antworten sollte. Nein er war nicht mehr mein Freund, aber irgendwie doch. Wir haben nie einen richtigen Abschluss gefunden. In diesem Moment kam Vanessa angerauscht und umarmte Philip von hinten. »Na, worüber unterhaltet ihr euch?« Ich hätte sie umbringen und knutschen zugleich können. Ich entschied mich für keins davon. Stattdessen entschuldigte ich mich kurz, schnappte mir 3 Gläser Schnaps vom Tablett eines Kellners und verschwand damit auf der Toilette. Verhaltensregel Nummer eins: kein Alkohol – Upps. Plötzlich hörte ich Schritte. Eine Tür wurde geöffnet, jemand klopfte. »Frau Mayer? Jenna?« Es war Stanley. »Ich dachte, sie brauchen vielleicht Hilfe. Eine Frau verlässt normalerweise nicht einfach so den Saal mit ausreichend Schnaps für eine ganze Festgesellschaft.« Na toll. Dem entging aber auch gar nichts.

»Nein, alles in Ordnung. Ich musste nur kurz raus.«

»Mit Schnaps«, stellte er skeptisch fest.

»Mit Schnaps.«

»Es interessiert Sie vielleicht zu hören, dass der Gentlemen und seine Begleitung sich gleich, nachdem sie raus sind, heftig gestritten haben.«

Und wie mich das interessierte. »Nicht besonders.« Ich bemühte mich, gelassen zu klingen. Betont beiläufig fragte ich: »Aber, haben Sie mitbekommen, worum es ging?«

»Jaa.« Ich konnte spüren, dass er grinste. »Um Sie.«

Samstag, 28. Juli, 23 Uhr – auf dem Heimweg

Nachdem wir zurück in den Festsaal gegangen sind, wurde der Abend sogar noch richtig lustig. Philip und Vanessa ließen sich nicht noch einmal sehen, Stanley versorgte mich mit Wein, wir tanzten zu den Klängen der Big Band und hatten – zugegebenermaßen – eine Menge Spaß. Jetzt sitzen wir zusammen in seiner Limo, ja ich weiß, Verhaltensregel Nummer zwei: Immer unter Leuten bleiben – Upps. Aber er ist wirklich nett. Und er hat bisher keinerlei Anstalten gemacht, mich zu bedrängen. Ich glaube inzwischen, dass er einfach nur nett sein und mich etwas besser kennen lernen wollte.

Der Wagen stoppt. Zeit, sich zu verabschieden, und zwar im Auto. Ich drehte mich zu ihm und lächelte. »Also. Es war wirklich ein schöner Abend. Es hat mich sehr gefreut, Sie begleiten zu dürfen.« Ich streckte ihm meine Hand entgegen.

Er sah mich verwirrt an, als wüsste er nicht, was er mit meiner Hand tun sollte. »Die Freude liegt ganz auf meiner Seite. Und bitte nennen Sie mich Stanley. Ich begleite Sie noch zur Tür.« Spätestens jetzt hätten meine Alarmglocken schrillen müssen, aber was soll ich sagen … Ich bin dann doch dem Charme von Stanley Thissen erlegen. Oder vielleicht war es auch nur der Alkohol in meinem Blut. Stanley hielt mir die Tür auf. Ich nahm seine Hand und stieg aus dem Auto. Irgendwie drehte sich plötzlich alles. Vielleicht hatte ich doch etwas mehr getrunken, als ich gedacht hatte. Aus dem Augenwinkel sah ich, wie Stanley seinem Fahrer ein Zeichen gab. Wohl, dass er kurz hier warten sollte.

Verhaltensregel Nummer drei: Nicht zur Tür bringen lassen – Upps.

An der Tür angekommen kramte ich nach meinem Schlüssel. Doch bevor ich ihn finden konnte, nahm Stanley meinen Arm und drehte mich zu sich. »So wie ich das sehe, werden wir uns auf jeden Fall einig. Sie sind wirklich sehr sympathisch. Ich denke, wir werden gut harmonieren.«

Ich wollte lächeln, danke sagen, aber auf einmal kam sein Gesicht immer näher und dann presste er seine großen feuchten Lippen auf meine. Sofort stieß ich ihn weg. Ich war vielleicht betrunken, aber nicht so betrunken. »Sag mal geht's noch? Lass mich in Ruhe!«, schrie ich ihn an. Wohl geschockt über mein doch sehr lautes Stimmorgan wich er tatsächlich einige Schritte zurück, fing sich aber schnell wieder. »Hey, ganz ruhig! Der Abend war doch bisher so lustig. Was hast Du denn gedacht, wie das hier laufen sollte?«

Was bildete er sich eigentlich ein?! »Wenn Sie nicht sofort verschwinden, rufe ich die Polizei!«

Doch er dachte gar nicht daran. »Sind Sie sich sicher? Das wäre wirklich zu schade. Ich hätte Sie gern in meinem Team gehabt.«

»Ihren Praktikumsplatz können Sie sich sonst wo hinstecken!«, zischte ich.

Im gleichen Moment lehnte sich Jess, die den Lärm wohl gehört hatte aus dem Fenster. »Alles in Ordnung hier draußen?«

»Stanley wollte gerade gehen«, sagte ich kühl. Mit laut hämmerndem Herzen verschwand ich im Hausflur und beobachtete durch das verschwommene Glas, wie er sich wütend zum Auto begab und die Tür zuschmiss.

Ich wollte echt nur noch ins Bett. Wie konnte er ernsthaft annehmen, dass so etwas bei mir funktionieren würde? Oh Gott. Hatte er diese Masche wohl schon bei mehreren abgezogen? Und was viel wichtiger war: Hatte sie wirklich mal funktioniert? Ich konnte mich nicht entscheiden, ob ich eher Mitleid oder Scham für jemanden empfinden sollte, der bei so was mitmacht. Es gibt doch wohl immer einen anderen Weg, als diesen echt widerlichen.

Jess kam mit ausgebreiteten Armen auf mich zugelaufen. »Oh Gott, Jenna! Alles oke bei dir? Und ich doofe Kuh überrede dich auch noch, hinzugehen, und dieses Kleid zu tragen! Es tut mir so leid.« Sie schien sich ehrlich schuldig zu fühlen.

Beschwichtigend klopfte ich ihr auf den Rücken. »Mach dir keine Gedanken. Das konnte doch niemand ahnen.«

»Doch ich hätte es ahnen müssen! Willst Du ihn anzeigen?«

»Nein, ist ja nichts passiert. Ich will die Sache am liebsten ganz schnell vergessen.«

Nachdem ich eine Tasse Tee getrunken hatte (Jess hat darauf bestanden) ließ ich mich erschöpft ins Bett fallen. Sie war zwar sehr rücksichtsvoll gewesen, konnte aber ihre Neugierde nicht komplett unterdrücken. Also habe ich ihr alles erzählt. Und jetzt, da ich allein war, spukten mir all diese Eindrücke in meinem Kopf herum: das Treffen mit Philip, seine Reaktion; Vanessas selbstgefälliges Grinsen. Der Abend, der so harmlos angefangen hatte, hat mal wieder in einer Katastrophe geendet. Eigentlich typisch für mich. Auf dem Abiball habe ich es irgendwie geschafft, mein Kleid in Brand zu setzen, und nur durch den beherzten Einsatz von Tom haben meine Haare immer noch ihre volle Länge. Triefend vor Bowle war der Abend für mich danach jedoch gelaufen. Ich glaube, ich ziehe Katastrophen einfach irgendwie an. Damit muss ich mich abfinden.

Verzweifelt versuchte ich, an nichts zu denken. An nichts, außer der Dunkelheit in meinem Zimmer. Ich atmete langsam ein und aus, bis der Raum um mich langsam verschwand und ich meinen Körper nicht mehr spürte.

Oh Mann, hab ich einen Brummschädel. Ich fühle mich als würde mein Kopf jeden Moment zerquetscht werden. Und mir ist schrecklich schlecht. Was habe ich mir nur dabei gedacht. Ich weiß doch eigentlich, dass ich so viel Alkohol nicht vertrage. Schlaftrunken taste ich nach der Flasche Wasser neben meinem Bett, aber da steht keine. Ach ja – ich bin ja gar nicht zuhause. Ich blinzle gegen das Sonnenlicht, das durchs Fenster auf das Fußende fällt. Was ist eigentlich gestern passiert? Ich habe mit Jess geredet, und bin ins Bett. Soweit so gut. – Aber warum zur Hölle liegt dann jemand neben mir?!

Ich habe zu viel Angst, um nachzusehen, um wen es sich handelt. Nur so viel: Er ist definitiv männlich. Und NACKT! Was bitte habe ich getan? Bitte lieber Gott, lass es nicht Stanley sein, lass es nicht Stanley sein!

»Guten Morgen«, sagte eine schrecklich vertraute Männerstimme. Das konnte nicht sein. Was machte Philip in meinem Bett? Und noch dazu nackt. Als ich an mir runter sah, bemerkte ich, dass nicht nur er völlig unbekleidet da lag. Er schien meine Verwirrung zu bemerken. »Du hast keine Ahnung, was gestern Nacht passiert ist, oder?« Ich schüttelte den Kopf. Ein Lächeln huschte über sein Gesicht. »Ich gehe schnell duschen. Vielleicht fällt es dir ja gleich wieder ein.« Und mit diesen Worten gab er mir einen Kuss auf die Stirn und verschwand im Bad. Kein Grund zur Sorge, immerhin war es nicht Stanley. Und es ist doch auch völlig normal, nackt mit dem Exfreund in einem Bett aufzuwachen. Oh Gott. Ich brauche Kaffee. Einen ganz Starken.

Gefühlte 30 Tassen Kaffee später, und durch Toms Hilfe, kam meine Erinnerung langsam wieder zurück.

Ich habe mich ins Bett gelegt und dann … Hatte es an der Tür geklingelt. Tom hat geöffnet. Es war Philip, der nachsehen wollte, ob ich gut zuhause angekommen bin. Er hat gesagt, dass er sich Sorgen gemacht hat, dass ich vielleicht etwas Unvernünftiges tun werde.

– Tja, im Endeffekt habe ich das anscheinend auch. – Er hat sich nochmal entschuldigt, und mir versichert, dass zwischen ihm und Vanessa nichts läuft. Dann hat er angefangen zu weinen, oder vielleicht war ich das auch. Ich werde immer ziemlich emotional, wenn ich getrunken habe. Ich bin in diesem Zustand sehr leicht zu manipulieren, und das wusste Philip. Aber das hieße ja … Er hat meinen Zustand ausgenutzt! Er wusste, dass ich betrunken und verletzlich sein würde. So ein Arschloch! Was mache ich jetzt nur mit ihm?

Ich wollte ihn nicht länger in der Wohnung haben. »Du musst jetzt gehen«, sagte ich kalt, und schmiss ihm seine Sachen in die Arme, als er gerade nur mit einem Handtuch bekleidet aus dem Bad kam.

»Was ist denn los?«, fragte er völlig verdutzt. »Jenna!«

»Du hast meinen Zustand ausgenutzt«, fauchte ich.

»Ich habe was?« Na klasse, jetzt stellte er sich auch noch dumm. »Hör zu, ich weiß wirklich nicht, was Du gerade von mir willst, aber ich versichere dir, dass ich nichts Unrechtes getan habe. Ich glaube du hast das Ganze falsch verstanden. Du hast uns beide vollgekotzt, ich musste unsere Sachen einweichen und trocknen. Deswegen hatten wir nichts an.« (Oke, peinlich …)

»Komm schon, ich dachte zwischen uns wäre wieder alles in Ordnung, nachdem Du mich gestern geküsst hast.« Ich hatte ihn geküsst? Wow, ich muss echt ganz schön weggetreten gewesen sein.

Unter lautem Seufzen ließ ich mich aufs Sofa fallen. »Du gehst jetzt besser.«

»In Ordnung. Komm erst mal zu dir. Ruf mich an, ja?« Ich nickte. Ich hätte ihm alles versprochen, wenn er bloß endlich ginge.

Als Jess den Raum betrat, bemerkte sie sofort, wie dreckig es mir ging, und nahm mich in den Arm. Ich fühlte mich gleich 10 Jahre zurückversetzt. Wir waren wieder kleine Mädchen, und ich stand weinend vor ihrer Haustür. Nur dass diesmal nach einer Tasse Kakao nicht alles wieder gut war.

Sonntag, 29. Juli, 15 Uhr –
im Plaza

Nach dem Gespräch mit Jess ging es mir besser als erwartet. Sogar so gut, dass ich mich fast bereit fühlte, Philip anzurufen.

Irgendwann hatte ich doch meine Angst überwunden und seine Nummer gewählt.

Eine halbe Stunde später trafen wir uns im Plaza, um bei einem Milchkaffee über die Zukunft unserer Beziehung zu reden. Philip strahlte förmlich, als er mich sah. »Ich bin so froh, dass Du gekommen bist.« Er drückte mich an sich und nahm mir dann die Jacke ab. Er konnte schon ziemlich süß sein. Wenn er nicht gerade irgendwelchen Sekretärinnen seine Zunge in den Hals steckte. Argh. Ich ärgerte mich, dass ich nicht erwachsener denken konnte. Nüchtern betrachtet hatte Tom Recht – es war nur ein Kuss – ein kleiner Ausrutscher ohne Bedeutung. So was kommt in den besten Familien vor. Oder eher ‚Beziehungen‘. Das andere wäre ja einfach nur krank. Oke, ich schweife schon wieder ab. Jetzt geht es um uns beide, hier in diesem Café. Zwei Erwachsene, die sich total reif über ihre erwachsene Beziehung unterhalten. Oh Mann, wem mache ich was vor. Ich habe zwar Abitur, aber bin kein bisschen auf das vorbereitet, was die wirklichen Probleme bereitet. Was soll ich nur tun?

Plötzlich verlor sich mein Blick kurz in seinen Augen und meine Entscheidung stand fest.

»Also seid ihr wieder zusammen?«

Ich nickte. »Ja. Die Sache mit Vanessa ist schon vergessen.« Doch während diese Worte über meine Lippen kamen merkte ich, dass ich es ganz und gar nicht vergessen hatte. Ich schüttelte das schlechte Gefühl in meinem Bauch ab.

»Wir treffen uns heute Abend zum Essen. Um sozusagen unsere ,Wiedervereinigung' zu feiern.«

»Heißt das, Du ziehst jetzt wieder aus?«, fragte Tom mit einem Grinsen aus dem Hintergrund.

Jess warf ein Kissen nach ihm und wandte sich wieder mir zu. »Du kannst natürlich so lange bleiben, wie Du willst. Du musst jetzt erst mal schauen, ob das Gefühl zwischen euch noch stimmt. Ich finde es ehrlich gesagt unter aller Sau, dass er Vanessas Begleitung gespielt hat, auch wenn da nichts war. Das ist einfach geschmacklos.« Sie sprach das aus, was ich zu verdrängen versuchte.

Tom stellte uns gerade eine Schüssel mit Chips hin, als er sagte: »Jess, ich glaube es ist an der Zeit, es ihr zu sagen, meinst Du nicht?«

»Mir was zu sagen?« Ich würde definitiv keine weiteren üblen Überraschungen vertragen.

Jess lächelte nervös und nahm meine Hand. »Also, wir hatten ja eigentlich vor, ein Jahr lang herumzureisen. Aber es ist so: Ich habe einen Ausbildungsplatz gefunden, in einem Kindergarten. Du weißt, das ist es, was ich immer machen wollte. Aber das heißt auch, dass aus unseren Plänen wohl nichts wird …«

Was sollte ich dazu schon sagen … Ich freute mich für sie, keine Frage. Aber die Vorfreude auf die gemeinsame Zeit hatte mir die letzten Monate Kraft gegeben. Nur so konnte ich mich motivieren, für die Prüfungen zu lernen. Und mit Kaffee. Ich zwang mich, zu lächeln. »Das ist doch toll! Ich freue mich wirklich für Dich. Und Reisen können wir ja immer noch. Paris und Madrid laufen uns schon nicht weg.«

Glücklich nahm sie mich in den Arm. »Es bedeutet mir wirklich viel, dass Du mich unterstützt.«

Nachdem Tom zum Bowlen mit Freunden gefahren war, verbrachten Jess und ich die Zeit bis zum Abend mit Gesprächen über früher, über alte und neue Pläne; Jess erzählte mir mehr von ihrem neuen Job, dann überlegten wir fieberhaft, was denn nun aus mir werden sollte. Nach der Pleite um den Praktikumsplatz musste ich mich nun wieder auf die Suche machen.

Ganz ehrlich, ich hatte keine Ahnung. Vielleicht reise ich alleine. Macht zwar lange nicht so viel Spaß, wie zu zweit, aber ich sehe was von der Welt. Jetzt rächt es sich, dass ich außer Jess nie wirklich Freunde in der Schule gehabt habe. Wir waren eigentlich immer nur zu zweit unterwegs. Oder eben zu viert, in unserer Freizeit. Und während wir so dasaßen und fantasierten, wurde es langsam, fast unmerklich Abend. Gleich werde ich Philip treffen, in einem Restaurant bei Kerzenschein. Dazu leckeres Essen und romantische Musik. Dabei werde ich schon merken, ob das Gefühl stimmt.

Sonntag, 29. Juli, 20 Uhr – ,Le Petit' Restaurant

Als ich das Restaurant betrat, fühlte ich mich schmerzlich an den Abend erinnert, an dem Philip mir das Herz gebrochen hatte. Seine Worte und meine Gefühle waren so präsent, als wäre es gerade eben erst geschehen. Aber ich muss mich zusammenreißen. Ich bin jetzt eine erwachsene Frau, die sich entschieden hat, ihm zu verzeihen. Und Erwachsene ändern Beschlossenes nicht, wie sie gerade lustig sind. Diesmal war ich als Erste da. Ich setzte mich an den reservierten Tisch und wartete. Zehn Minuten später traf auch er endlich ein. »Entschuldige die Verspätung, ich musste noch schnell etwas besorgen.« Ein Blick in seine Augen und schon war alles Unwohlsein verflogen. Es gab nur noch uns beide und diesen Moment. Ich war immer noch in ihn verliebt. Er nahm meine Hand in seine und blickte mich eindringlich an. Ruhig fing er an zu reden: »Ich wollte Dich an dem Abend letzte Woche eigentlich fragen, ob Du mich heiraten willst.«

Bumm. Ich war wieder in der wirklichen Welt gelandet. Bevor ich etwas sagen konnte, fuhr er fort: »Aber ich musste Dir zunächst beichten was ich für eine Scheiße gebaut habe. Ich dachte, du solltest es wissen. Und wenn du mich dann immer noch wollen würdest, dann hätte ich dich gefragt.«

Ich merkte, wie mein Kopf rot anlief. Irgendwie fühlte ich mich unwohl und bekam Angst vor dem, was nun unweigerlich folgen würde. Er ließ meine Hand los und stand auf. Dann kramte er in der Tasche seines Sakkos und zauberte eine kleine dunkle Schachtel hervor. Mein Herz setzte einen Schlag aus. Alles um mich herum drehte sich und ich konnte keinen klaren Gedanken fassen. »Philip ...«, krächzte ich. »Setz Dich wieder hin.« Es lief mir heiß kalt den Rücken runter.

»Nein Jenna, ich fühle, dass es richtig ist.« Langsam fiel er vor mir auf die Knie. »Wir sind nun schon seit fünf Jahren zusammen. Wir haben alle möglichen Probleme zusammen durchgestanden, unsere erste gemeinsame Wohnung bezogen, und so manche Beziehungskrise erfolgreich gemeistert. Wir sind in der letzten Zeit unglaublich zusammengewachsen und ich spüre, dass es mit uns für immer halten wird. Unsere Beziehung hat auch den unverzeihlichen Fehltritt meinerseits überstanden. Und du sitzt immer noch hier und bist nicht aus dem Restaurant gestürmt, daher möchte ich dich fragen ...«

Die eigentliche Frage bekam ich gar nicht richtig mit. Zu laut rauschte das Blut in meinen Ohren. WAS sollte ich DARAUF antworten? Vor drei Tagen noch eröffnet er mir, dass er seine Zunge in den Hals einer anderen gesteckt hat, und jetzt macht er mir einen HEIRATSANTRAG?? Ich habe zwar eindeutig noch Gefühle für ihn aber ausreichend fürs HEIRATEN? Wie konnte er mich nur so überrumpeln. Er wusste eigentlich, dass mir öffentliche Auftritte wie dieser unendlich peinlich waren. 100 Augenpaare hefteten auf uns. Jedes von ihnen fühlte sich an wie ein brennender Laser. Sie alle warteten auf meine Antwort – Einige formten ein stummes ‚Ja‘ mit ihren Lippen. Und es wäre so einfach gewesen, es ihnen nachzusprechen. Doch ich war unfähig auch nur einen Muskel meines Körpers zu bewegen.

»Jenna?«, fragte Philip nervös lachend. Und endlich konnte ich mich aus meiner Schockstarre lösen. 101 Menschen hielten den Atem an. Doch was dann aus meinem Mund kam, schien keinem der 100 Gäste inklusive Philip zu gefallen...

Sonntag, 29. Juli, 21 Uhr - auf dem Weg zu Jess

Wir redeten geschlagene 15 Minuten kein Wort miteinander. Erst kurz vor Jess Wohnung brach Philip das Schweigen. »Ist dir eigentlich klar, wie lächerlich ich mich gemacht habe? Was soll das heißen, du brauchst Zeit? Liebst Du mich doch nicht mehr? Ich dachte es wäre alles geklärt.«

Ich kann ja verstehen, dass er in seiner Männlichkeit gekränkt war, aber Vorwürfe konnten nun auch nicht mehr ändern, dass ich ihm mitten in einem vollbesetzten Restaurant eine Abfuhr erteilt hatte. »Es tut mir leid, oke? Aber was hätte ich denn deiner Meinung nach tun sollen?«

»Ja sagen?!«, schnaubte er schnippisch. Seine Stimme überschlug sich fast.

»Das konnte ich aber nicht. Ich meine es so, wie ich es gesagt habe. Gib mir bitte etwas Bedenkzeit, um mir über meine Gefühle klar zu werden.«

»Oh komm schon, ich bin keine 12 mehr. Ich weiß, was das bedeutet. Das ist genau wie ,Lass uns erst mal eine Pause einlegen' oder ,Ich finde wir sollten uns auch mit anderen treffen'.« Beleidigt drehte er sich zum Fenster.

»Dafür, dass Du angeblich keine 12 mehr bist, verhältst Du dich aber ganz schön wie ein eingeschnappter kleiner Junge.« Es ging noch eine Weile so hin und her, bis das Taxi endlich an der Straße hielt. »Ich rufe Dich morgen an, einverstanden?« Er nickte nur, ohne dabei aufzusehen. Bei seinem Anblick konnte ich nicht anders als zu lächeln. Er hatte wirklich eine ungeheure Ähnlichkeit zu einem eingeschnappten

Schulkind. »Gute Nacht, Philip.« Ich drückte ihm einen Kuss auf die Wange und schloss die Tür. Erst mal tief durchatmen.

Wider Erwarten wurde ich im Flur nicht von meinen ach so neugierigen Freunden empfangen. Ich konnte mir aber kaum vorstellen, dass sie schon schliefen. Wahrscheinlich wollten sie Philip und mir bloß etwas Freiraum gönnen, wenn wir hier zusammen aufkreuzten. Andererseits wären wir dann ja wohl in unsere Wohnung gefahren. Merkwürdig.

Im Wohnzimmer brannte Licht. Ich sollte mich besser ankündigen, doch da tippte mir jemand auf die Schulter. »Hi, Jenna.«

»Mom! Was machst Du denn hier?«

Ihr verhaltenes Lächeln war mir fremd und doch so vertraut. Ich fühlte mich sofort geborgen. Doch dann fiel mir wieder ein, dass ich eigentlich sauer auf sie war. Ich verschränkte die Arme vor der Brust und funkelte sie kalt an.

Vorsichtig und mit schuldbewusstem Gesichtsausdruck kam Jess aus der Dunkelheit. »Es tut mir leid, ich habe sie reingelassen. Ich finde, es ist Zeit, dass ihr zwei Mal miteinander redet.«

Mom lächelte. »Wie ich sehe, bist Du immer noch sauer auf mich.«

SAUER?! Das war ja wohl kein Ausdruck für das, was ich empfand. »Du hast deine 16-jährige Tochter zurückgelassen, wie würdest Du dich da fühlen?!«

Sie lächelte beschwichtigend. »Sieh dich nur an.« Ich wich zurück, als sie die Hand nach mir ausstreckte. Ihr Gesichtsausdruck veränderte sich. Sie sah plötzlich besorgt aus. »Warum hast Du meine Briefe immer zurückgeschickt? Ich habe nie eine Antwort von dir bekommen.«

»Das kannst Du dir ja wohl selbst denken.«

»Es tut mir leid. Wirklich. Aber ich war damals noch nicht bereit, Mutter zu sein. Das habe ich dir in tausenden Briefen versucht zu erklären. Ich weiß, dass das keine Entschuldigung dafür ist, einen Teenager allein zurückzulassen, aber zu diesem Zeitpunkt war es das Richtige für mich. Außerdem wusste ich, dass Du bei Philip gut unterkommen würdest. Ich habe mich natürlich damals mit seinen Eltern abgesprochen.«

Wütend starrte ich auf dem Boden. Was erwartete sie jetzt von mir?

»Ich komme eigentlich, weil ich dir etwas geben möchte«, fuhr sie fort. Dann legte sie einen hübsch verzierten Umschlag auf die Kommode neben uns. »Das ist eine Einladung. Ich werde heiraten, kannst Du dir das vorstellen? Es würde mir alles bedeuten, wenn Du kommst!« Ihre Augen funkelten im Licht der Wandlampen. »In zwei Wochen ist der Termin. Dein Flug ist schon gebucht, allerdings für morgen Abend. Ich hatte gehofft, dass wir die Zeit vorher nutzen könnten, um uns wieder ein wenig näher zu kommen. Für Jess habe ich auch einen Flugplatz, sie hat mir gesagt, wo ich dich finden kann und über die Jahre den Kontakt zu mir gehalten.« Diese Verräterin schoss es mir durch den Kopf.

Mein Inneres war leer. Ich wusste nicht, was ich sagen oder fühlen sollte, zu verwirrend und aufwühlend war der Tag gewesen. Ich brauchte Schlaf, ganz dringend. »Ich weiß nicht, was ich sagen soll.«

Mom lächelte. »Das musst Du auch nicht.«

»Ich glaube, es ist besser, wenn Du jetzt gehst.«

»Wie Du möchtest, mein Schatz.«

Doch ehe ich mich versah, schossen mir die Tränen aus den Augen wie Wasserfälle, wir lagen uns in den Armen und holten 3 Jahre an einem Abend nach. Ich habe noch nie so viele verschiedene Emotionen auf einmal durchlebt, wie in diesen paar Stunden. Meine Mutter war eine tolle Person geworden. Früher gab es oft Streit zwischen uns, und das eine oder andere Mal hatte ich ihr gedroht, auszuziehen. Wir hatten es beide nicht immer leicht miteinander. Aber das war jetzt alles egal. Wir haben wieder zueinander gefunden.

Und so erzählte ich ihr von meinem bestandenen Abitur, meinem mehr als seltsamen Abend mit Stanley und von dem Streit mit Philip ... Doch Mom schaffte es, selbst den schlimmsten Dingen etwas Komisches abzugewinnen.

»Ehrlich? Mit Vanessa? Die ist doch quasi Heidi Klum persönlich! Inklusive der Fähigkeit von einem Toast am Tag zu leben. Wer möchte schon mit so was zusammen sein.«

Ich lachte und sie wischte mir die Tränen aus dem Gesicht. Irgendwas war anders als damals. Wenn ich Mom ansah, wirkte sie, ja sie wirkte irgendwie glücklicher. Auch wenn ich ihr noch nicht verzeihen konnte, was sie getan hat- ein Anfang war zumindest gemacht.

Montag, 30. Juli, 9 Uhr – auf Jess gemütlicher Couch

Ehe wir uns versahen, war es draußen hell geworden. Aufgeregt schaute Mom auf die Uhr. »Oh Gott, ich muss los! Mein Flug geht schon heute Nachmittag. José wartet, die Hochzeitsvorbereitungen machen sich nicht von allein. Und unter uns, ich lasse ihm da ungern freie Hand.« Sie zwinkerte mir zu.

Tja, wir hatten über alles geredet, nur nicht über das, was Philip mich gefragt hatte. Das würde ich bis auf weiteres zurückstellen und mich auf meine Mutter konzentrieren. So musste ich auch keine Entscheidung treffen. Wir umarmten uns lange zum Abschied, bevor meine Mom die Wohnung verließ. Mit so einer Wendung konnte ich nun wirklich nicht rechnen. Mit einem Kaffee setzte ich mich an den Esstisch. Zeit, einen klaren Kopf zu bewahren. Für Jess war natürlich sofort klar, dass sie mich begleitet. Immerhin hatte sie mich erst in diese Situation gebracht. In Gedanken ging ich das bevorstehende Gespräch mit Philip durch:

Hi. Ehm, ich hoffe Du hast dich von gestern einigermaßen erholt? Nein? Oke, die Sache ist die: Ich werde für einige Zeit nach Spanien gehen, um mir klar zu werden, was ich eigentlich will. Das verstehst Du doch sicher. Bis dahin warte einfach auf mich und wirf dich nicht der nächstbesten Schlampe an den Hals. Natürlich nur, wenn es dir keine Umstände macht.

Oh Gott. Dagegen war der Abend mit Stanley ja der reinste Kindergeburtstag. Wie gern hätte ich Philip einfach eine Nachricht geschrieben. Aber so sehr ich es mir auch wünschte, diese Sache würde sich nicht durch einen einfachen Anruf regeln lassen. Also schnappte ich mir meine Tasche und fuhr ohne weitere Ausflüchte zu Philip.

Montag, 30. Juli, 15 Uhr – auf dem Heimweg

Das Gesicht, das er zog, als ich mich verabschiedete, werde ich so schnell wohl nicht mehr aus dem Kopf kriegen.

»Wieso tust Du mir so was an?«, hatte er gesagt. Er hat nicht begriffen, dass es nicht um ihn geht. Und auch nicht um meine Gefühle zu ihm. Auf einmal konnte ich meine Mutter verstehen. Es war nicht meine Schuld, es war etwas, dass ich für mich selbst tun musste. Und dabei konnte ich keine Rücksicht auf gekränkte Männeregos nehmen. Seine erste Reaktion war, na sagen wir mal, verhalten.

»Du machst Witze, oder?« Sein Mund stand offen, seine Augen waren zu Schlitzen gekniffen.

»Nein. Es ist für mich die einzige Chance, ein bisschen zur Ruhe zu kommen. Mein Leben verlief in letzter Zeit so rasend schnell. Wenn ich so weiter mache, muss ich befürchten, bald einen Herzinfarkt zu bekommen. Außerdem habe ich dir gesagt, dass ich Zeit brauche. Ich finde das ist die perfekte Möglichkeit zu sehen, ob das mit uns wirklich funktionieren kann.«

»Inwiefern sollen wir das durch eine Trennung herausfinden?« Er sah fast verärgert aus. Anscheinend war er von meiner Idee nicht ganz so begeistert wie ich.

»Na ja, weil man in solchen Zeiten merkt, ob einem wirklich etwas am Partner liegt. Und da musst Du mir zustimmen, nach allem, was zwischen uns in kürzester Zeit passiert ist, wird uns etwas Abstand sicher gut tun.«

Langsam schien er zu resignieren. »Wenn es das ist, was Du willst ... Wann geht dein Flieger?«

»Noch heute Nacht.«

Wir saßen noch eine Weile schweigend da. Dann lächelte ich und stand auf. »Also.« Mit einem gequälten Gesichtsausdruck erhob auch er sich vom Sofa.

Ich wusste, dass ich mich auf dem richtigen Weg befand. Er würde das schon auch noch irgendwann verstehen. Fürs Erste waren Philip und jeglicher Stress jedoch aus meinem Kopf verbannt. Viel wichtiger war nun die Frage: Was nimmt man mit, wenn man keine Ahnung hat, wo es hingeht?

Montag, 30. Juli, 22 Uhr – auf dem Weg zum Flughafen

Gefühlte fünf Stunden später waren meine Koffer endlich gepackt. Ich hatte schon meinen halben Hausstand verstaut, als Jess mich bremste. »Was hast du denn damit vor?«

»Na ja, man weiß doch nie.«

»Aber Nähzeug? Ich versichere Dir, dass Du das nicht brauchen wirst. Und wenn doch, dann kauf ich dir welches, ja?«

Ich fühlte mich wie ein Kind, das die Süßigkeiten zurück ins Regal legen musste. Ich wollte halt auf

Nummer-Sicher gehen. Nach und nach verschwanden Handtücher, Regenschirm und unzählige unnütze Dinge wieder im Regal. Schlussendlich stand ich mit einem Koffer da, der noch nicht einmal ganz voll war.

»Glaub mir, Du wirst die Hälfte davon nicht mal brauchen«, versicherte mir Jess. Obwohl ich daran so meine Zweifel hatte. Voller Vorfreude und Aufregung verstauten wir die Koffer in Toms Wagen. Er hatte sich netterweise dazu bereit erklärt, uns zu fahren. Auch wenn er etwas zerknirscht wirkte, dass er Jess drei Wochen nicht sehen würde.

Auf der Fahrt zum Flughafen gab es nur einen Song, der unserer Stimmung angemessen war. Wir drehten das Radio auf volle Lautstärke und ließen Funs ,We are young' durch die Straßen hallen. All die verärgerten Blicke unserer Mitbürger ließen uns kalt, nichts konnte uns aufhalten.

Gut, nach dem sechsten Mal ging uns das Lied dann doch langsam auf die Nerven. Außerdem war das inzwischen regelmäßige Zucken von Toms linkem Auge nur schwer zu ertragen. Der Arme. Zuerst nahm ich ihm seine Freundin weg, und dann muss er uns auch noch auf der 2-stündigen Fahrt ertragen. Tja, wir hätten uns auch ein Taxi genommen, aber er hat darauf bestanden, uns zu fahren. Selbst Schuld.

Ich versuchte, das mulmige Gefühl in meinem Bauch nicht zuzulassen. Doch langsam aber sicher machte es sich breit und hinterließ nichts als Zweifel. Tue ich wirklich das Richtige? Was wird aus Philip und mir, wenn ich wiederkomme? Ich habe ihm jedenfalls gesagt, dass ich mich in diesen drei Wochen voll auf meine Mutter konzentrieren will. Das heißt: Mich nicht melden. Quasi eine Beziehungspause. Ja, er hat schon Recht – meistens funktioniert das nicht. Aber wer sagt denn, dass das bei uns nicht anders ist?

Montag, 30. Juli, 24 Uhr – am Flughafen

Während sich Jess und Tom herzzerreißend verabschiedeten, schleppte ich unsere Koffer schon mal ins Terminal. Die Schlange am Check-in ragte ewig weit in den Raum hinein. Kein Wunder, es war ja auch mitten in der Saison.

Mir fiel gleich ein finster dreinblickender Mann auf, der an einem Pfeiler lehnte. Seine Haare fielen ihm locker über die Augen, er hatte die Arme vor der Brust verschränkt. Und ich musste zugeben, diese markanten Wangenknochen machten mich ganz schwach. Mir war gar nicht aufgefallen, dass ich ihn anstarrte, bis er einen Mundwinkel hochzog und mich sein Blick traf. Schnell wandte ich den Blick ab und spürte, wie ich rot anlief. »Was ist denn mit dir los?«, fragte mich Jessica. Ihr Gesicht war tränennass, aber ihre Stimme war klar. »Komm schon, wir müssen uns anstellen.« Widerwillig ließ ich mich von ihr mitziehen. Weg von dem mysteriösen Fremden, der immer noch still vor sich hin lächelte.

Der Wartebereich war für so viele Personen definitiv nicht ausgelegt. Menschen stapelten sich übereinander, die Luft war zum Schneiden und der einzige Ort mit Chance auf einen eigenen Sitzplatz schien die Toilette zu sein. Dementsprechend lang war auch die Schlange davor. Wir ließen uns nach einigen Minuten erfolgloser Suche einfach auf den Boden fallen. Da wir beim Check-in ewig warten mussten, war eh schon bald Boarding.

»Du, ich geh noch schnell auf Klo. Wenn ich nicht mehr wiederkomme, flieg ohne mich!« Jessica schlängelte sich durch den Raum und war schon bald aus meinem Blickfeld verschwunden.

Ich ließ meinen Blick schleifen. Es waren Familien mit Kindern da, Rentnerehepaare, und leider auch einige typische Ballermann-urlauber mit selbstbedruckten T-Shirts. Still hoffte ich, dass keiner davon in unserer Dreierreihe sitzen würde. Und dann entdeckte ich ihn. – Wieder lehnte er an einer Mauer und hatte den Blick gesenkt. Mir lief ein Schauer über den Rücken. Wie konnte mich ein Mann, den ich nicht einmal kannte, so aus dem Konzept bringen?

Vor sich hin schimpfend boxte Jessica sich zurück zu mir. »Du glaubst es nicht, da macht ernsthaft eine Putzfrau die Toiletten zu! Das kann man doch nicht machen, wenn so viel Andrang ist. Wo starrst du eigentlich die ganze Zeit hin?« Statt meine Antwort abzuwarten, folgte sie meinem Blick. »Ohh«, säuselte sie wissend. »Daher das dumme Grinsen.«

Ich schreckte auf und fasste mir an den Mund. Ich grinste wirklich ziemlich dämlich. Hoffentlich hatte er es nicht bemerkt. Doch an der Art wie er lächelte konnte ich mir meine Antwort selbst ablesen. Er sah die ganze Zeit über nicht einmal auf. Dann wurde unser Flug aufgerufen und wir machten uns auf ins Gedränge. So langsam tat uns auch gehörig der Allerwerteste weh.

Obwohl wir uns beeilt hatten, konnten wir erst mit als letzte ins Flugzeug steigen. Wir gingen durch bis zur Reihe 18, Sitzplätze B und C. Und als hätte ich nicht schon geahnt, wer in unserer Reihe bereits am Fenster saß …

Seine Haltung war unverändert. Er hatte ein Knie hochgestellt, und seinen rechten Arm darauf gestützt. Seine Hand hielt er am Kinn und sah abwesend aus dem Fenster. Als er uns bemerkte, schnaubte er kurz auf und lachte dann. Seine Reaktion machte mich extrem unsicher. Wir setzten uns in die Reihe und ließen die Anschnaller klicken. Sollte ich mich vorstellen? Immerhin würden wir die nächsten 2 ein halb Stunden nebeneinander verbringen.

»Toni«, sagte er, ohne aufzusehen und hielt mir seine Hand hin. Auf seinem Arm zeichneten sich einige Adern ab. Nervös durch die Berührung nuschelte ich: »Dschenna.«

»Gut. Wenn wir jetzt abstürzen weiß ich wenigstens neben wem ich gesessen habe.«

Ich starrte ihn an. Was hatte dieser Kerl nur. Fast den gesamten Flug über verharrte er in der gleichen Position. In der Reihe hinter uns saßen offensichtlich angetrunkene junge Männer. Ihre Kommentare zu meinen Brüsten ignorierte ich einfach. Doch dann griff einer der Männer durch die Lücke zwischen den Sitzen und versuchte mich zu begrapschen. Schneller als ich gucken konnte hatte Toni seinen Arm gepackt und ihn umgedreht. Der Mann schrie auf vor Schmerz. Und erst als eine Stewardess besorgt zu uns rüber sah, ließ er von ihm ab. Wortlos drehte er sich wieder zum Fenster. Wow, dachte ich. Jessica schnarchte nur friedlich vor sich hin.

Ich konnte einfach meinen Blick nicht von ihm lassen. Immer wieder ertappte ich mich dabei, wie ich ihn mit offenem Mund anstarrte. Er sah aber auch verdammt gut aus. Seine Arme waren ausgesprochen muskulös, wenige dunkle Haare zierten die Unterarme. Ich war ein enormer Unterarmfan. Dieser Teil des männlichen Körpers ließ mich regelmäßig schwach werden. Seine breiten Schultern kamen in dem engen T-Shirt richtig zur Geltung. Und dann war da dieses verschmitzte Lächeln und der intensive Blick … Der war eindeutig außerhalb meiner Reichweite. Aber träumen konnte man ja. Lächelnd lehnte ich mich zurück und schloss die Augen.

Das dumpfe Gegröle unserer Mitreisenden riss mich aus meinen Träumen. Ihr Alkoholpegel schien noch deutlich gestiegen zu sein. Dabei war es gerade so schön. Ich tanzte mit Toni eng umschlungen im Mondschein zu den Klängen spanischer Gitarren. Oke, ich muss mich zusammenreißen. Ich bin zu alt um mich klein Mädchen Phantasien hinzugeben, nur weil ein Typ gut aussieht.

Ich drehte mich zu Jess um, doch sie war noch immer tief im Land der Träume versunken. Als ich einen Blick aus dem Fenster warf, nahmen die farbenfrohen Kleckse langsam Form an. Ich erkannte Berge, kleine Häuser und Felder, Straßen und schließlich sogar Autos. Und auch wenn die ausgedörrte Landschaft alles andere als ansprechend war, erfüllte mich ein Glücksgefühl. Ich wollte einfach nur noch landen und das mir so bekannt unbekannte Terrain betreten. Als ich noch jünger war, sind wir jeden Sommer hier gewesen, ich habe mich bereits Monate zuvor darauf gefreut, man könnte sagen es war mein persönliches Highlight. Unglaublich, dass es schon fast 6 Jahre her ist, seit ich das letzte Mal da war. Eines stand jetzt schon fest, so viel Zeit würde ich zwischen dem nächsten Besuch nicht noch einmal vergehen lassen. Die Felder rauschten immer schneller an dem kleinen Fenster vorbei, dann rumste es.

Die doch etwas holprige Landung ließ Jess panisch aufschrecken. »Sind wir schon da?«

Ja. Dachte ich. Wir waren angekommen.

Dienstag, 31. Juli, 6:30 Uhr – Flughafen Son Sant Joan

Noch im Terminal erhielt ich einen Anruf. »Hey mein Schatz, seid ihr gut angekommen?«, fragte meine Mutter am anderen Ende. »Es tut mir leid, dass wir euch nicht abholen können, aber Josés Sohn hat das Auto mitgenommen, als er vorgestern nach Deutschland geflogen ist, und ich weiß leider nicht genau, wann er wiederkommt.«

Ich hörte ihr nur mit einem Ohr zu, da ich nach Toni Ausschau hielt. Er hatte gewartet, bis wir das Flugzeug verlassen hatten, vielleicht saß er auch immer noch da. Wer weiß schon, was in dem Mann vorgeht. (Ich wollte es wissen.) Es hatte mich echt erwischt, also, ich meine ich war fasziniert von ihm. Nicht auf die Klein-Mädchen Weise sondern auf eine reife erwachsene, Er-wirkt-sympathisch Weise. Wobei er, wie ich zugeben muss, eigentlich gar nicht sonderlich sympathisch wirkt.

Zu meiner Enttäuschung tauchte er nicht auf. Dafür kam Jess gerade, sichtlich erleichtert, von den Toiletten zurück. »Wow. So langsam wurde es auch echt kritisch.« Sie bemerkte meinen unzufriedenen Gesichtsausdruck. »Mal dran gedacht, dass er vielleicht gar kein Gepäck abholen muss?« Nein, darauf war ich nicht gekommen. »Wenn er hier lebt, ist er sicher nur mit Handgepäck geflogen. Das machen doch heutzutage viele, wenn sie nur kurz etwas in Deutschland erledigen wollen. Ist dir sein Akzent nicht aufgefallen?« Nein, auch der war mir nicht aufgefallen. Ich war wirklich ganz schön unaufmerksam. Aber als ich darüber nachdachte, stellte ich fest, das Jess Recht

65

hatte. Sein Akzent war minimal, aber doch hörbar. Er war also ein Spanier. Dass mich dieser Umstand noch mehr faszinierte, brauche ich wohl nicht zu erwähnen. Die Südländer entsprachen nun mal genau meinem Beuteschema. Aber jetzt war er weg, und ich würde ihn wahrscheinlich nie wieder sehen.

Jessica hatte uns für zwei Wochen einen Mietwagen gebucht, es war selbstverständlich ein Cabrio, wir wollten ja schließlich stilgerecht über die Insel fahren. Ich setzte mich ans Steuer, da Jess schon den ganzen Morgen über schlecht war. Langsam gewöhnten sich meine Augen an das grelle Sonnenlicht, und so klappte auch das Fahren erstaunlich gut. Da wir uns erst orientieren mussten, starrte ich meist einen Tick zu lange auf die Schilder im Kreisverkehr. Doch die Spanier waren nachsichtig mit mir, was wohl an dem großen auffälligen Aufkleber der Mietwagenfirma auf dem Kofferraum lag. Jess funkelte mich böse an, als ich erneut zu schlaf um den Kreisel fuhr. Einen Moment war ich unaufmerksam und wäre fast einem schwarzen Passat hinten draufgefahren. Zu meiner Verteidigung: Er war mir voll reingezogen!

»Du Arschloch!«, schrie ich ihm hinterher, und merkte zu spät, dass er seine Scheiben unten hatte und wir in einem Cabrio saßen. Er wurde langsamer, wechselte auf die rechte Spur und ließ sich zurückfallen, bis wir auf gleicher Höhe waren. – Mist. – Dann drehte er den Kopf zur Seite und sah mich direkt an. Als er mich erkannte, kniff er die Augen zusammen, setzte seine Sonnenbrille auf und rauschte davon.

Ich war so perplex, dass ich fast auf die andere Spur gekommen wäre, doch durch einen harten Schlenker konnte ich das gerade noch verhindern. Und doch erntete ich wieder einen bösen Blick von Jessica. »Sag mal«, fragte sie ungläubig, »war das nicht gerade dein Flugzeug-Typ?«

Dienstag, 31. Juli, 8 Uhr – auf der Finca meiner Mutter

Als wir in unserem Ziel Cami ankamen, stand das Tor zur Einfahrt bereits offen. Die Auffahrt war pompös und erstreckte sich über einige hundert Meter. Links und rechts zierten Palmen den Weg.

»Deiner Mutter scheint es hier aber ganz gut zu gehen.« Jess sprach aus, was wir beide dachten. Silhouettenhaft erhob sich das alte Finca Gebäude am Horizont. Uns blieb fast der Mund offen stehen. Die Mauern waren mit Natursteinen verkleidet, braune Persianas zierten die Fenster, der Eingang bestand aus einer massiven Holzbogentür, überall waren kleine Beete angelegt und irgendwo plätscherte ein kleiner Teich. Wir waren im Paradies.

Dann fiel mein Blick auf meine Mutter. Sie stand lächelnd da, trug ein langes weißes Kleid und sah aus wie ein Engel. Neben ihr hielt sich José schüchtern im Hintergrund. Er sah wirklich nett aus. Ich parkte das Auto und stürmte auf die Beiden zu.

Meine Mutter und ich schrien, weinten und lachten zugleich.

»Es tut mir so leid!«, winselte Mom.

»Schon gut!«, schluchzte ich zurück. Und wir schaukelten selig hin und her.

José warf Jess einen skeptischen Blick zu, sie zuckte bloß die Schultern. Nach einer halben Ewigkeit lösten wir schließlich unsere Klammerumarmung und betraten das Haus. Das Innere stand seinem pompösen Äußeren um nichts nach. War draußen alles antik gehalten, schlug mir nun moderner Minimalismus entgegen. Klare Linien und helle Glasfronten bestimmten das Wohnbild. Dunkles Holz zu hellen Vorhängen und Sitzmöbeln. Ich konnte bisher nie beschreiben, wie ich meine Wohnung einrichten würde, hätte ich mehr Geld. Jetzt war die Antwort klar. Ganz genauso.

»Gefällt es dir?«, fragte meine Mutter, die wohl meinen Gesichtsausdruck bemerkte. »José ist Innenarchitekt, ich finde es zwar manchmal etwas kühl, aber …«

Ich sah sie fassungslos an. »Machst Du Witze? Das ist wunderschön!«

Sie lächelte verhalten.

José nahm unsere Koffer und brachte uns zu den Schlafzimmern. Währenddessen erzählte er uns aufgeregt von seinen Ausflugsplänen für die nächsten zwei Wochen.

»Ach weißt Du, José, wir wären auch mit einem Strandtag zufrieden«, versuchte Jessica ihn zu bremsen.

»Kommt gar nicht in Frage! An den Strand könnt ihr immer noch gehen. Ich zeige euch die Insel von ihrer schönsten Seite. Das was normale Touristen nicht bekommen zu Gesicht.«

Ich musste schmunzeln, sein Akzent und die kleinen Grammatikfehler klangen einfach total knuffig. Jess und ich bekamen jede ein Zimmer für uns. Unglaublich, wie viele Zimmer hatte denn das Haus?! Allein auf diesem Flur waren 5 Türen. Wenn José weg ist, werde ich erst mal alles erkunden.

Jess verabschiedete sich mit den Worten: »Gehabt Euch wohl, ich werde nun mein Schlafgemach beziehen.«

Tatsächlich fühlte man sich ein wenig wie eine Adelige. Ich nickte José zu, und verschwand dann ebenfalls in meinem Gemach.

Wow. Der Raum erschien mir unglaublich groß, beinahe größer als meine gesamte Wohnung. Der Raum erstreckte sich über zwei Ebenen, über eine drei-stufige Treppe gelangte man in den Wohnbereich. Das riesige Bett stand auf einem Podest und war mit unzähligen Kissen bestückt. Links von mir führte eine Tür ins Bad, durch den Spalt konnte ich die freistehende Badewanne erkennen. Ich machte einen Schritt nach vorne. Um die Ecke ging der Raum noch weiter. Ein begehbarer Kleiderschrank(!!), der nur darauf wartete, dass meine Sachen einzogen. Ich glaube ich werde nie genug Klamotten haben, um jedes Fach zu bestücken. Mit einem unterdrückten Schrei rannte ich auf das Bett zu und ließ mich drauffallen. Aller Stress verflog, als ich mein Gesicht in die wohlig duftenden Kissen drückte.

Aber bevor ich einschlief, hatte ich noch eine Mission zu erledigen: Den Flur erkunden.

Vorsichtig öffnete ich die Tür und sah mich um. Niemand zu sehen. Ich schlich quer durch den Raum. Zuerst die Tür gegenüber. Ich lauschte, konnte aber keine Stimmen hören. Also drückte ich die Klinke herunter. Ich blickte in ein weiteres Schlafzimmer, offensichtlich unbewohnt. Unspektakulär. Mein Entdeckergeist trieb mich zur zweiten Tür. Dahinter lag eine Art Hobbyraum, aber in der Luxusausführung: Trainingsgeräte, ein Billardtisch, ein Flipperautomat, eine Sofaecke mit Flat Screen und Spielkonsole. Also langweilig wurde einem hier nicht.

Aber ich musste weiter. Einige Schleichschritte weiter erreichte ich die letzte Tür an Ende des Ganges. Ich drückte die Klinke herunter und … Nichts geschah. Ich rüttelte an der Tür, die musste doch aufgehen.

»Hey!«, rief jemand hinter mir. »Was soll denn das werden, wenn's fertig ist?!«

Mein Gesicht verzog sich, als hätte ich in eine Zitrone gebissen, mein Magen zog sich zusammen. Ich wollte mich nicht umdrehen. Ich wollte nicht sehen, wer mich dort erwartete und ich wollte mich vor allem nicht dieser Peinlichkeit aussetzen. »Ehm tut mir leid«, rief ich mit zusammengekniffenen Augen. »Ich dachte, das wäre das Badezimmer.« Ich drehte mich um und setzte ein entschuldigendes Gesicht auf. Doch als mein Blick sein Gesicht erfasste, traf es mich wie ein Schlag. »DU?«, platzte es aus mir heraus.

Er verzog das Gesicht. »Na toll. DU bist also Sarahs Tochter?« Er wirkte sichtlich unerfreut.

»Ja, die bin ich. Und wieso bist DU hier?« So langsam dämmerte es mir, José hatte doch vorhin einen Sohn erwähnt. »Oh nein …« es fiel mir schwer ihn nicht anzusehen, doch sein Blick war finster und bohrend.

Er schürzte die Lippen. »Anscheinend ist dir ja gerade ein Licht aufgegangen.« Er winkte mich zu sich heran und sagte flüsternd: »Dein BAD befindet sich in deinem Schlafzimmer. Aber das weißt du sicher schon längst.« Er öffnete die Tür. »Ach und Dschenna? Schickes Cabrio. Macht bestimmt Spaß, wenn man denn damit umgehen kann. Halt dich demnächst von meinem Zimmer fern!« Und mit diesen Worten verschwand er hinter seiner Zimmertür.

Oh Gott. Er hasst mich! Aber ich würde ihm weiterhin nahe sein. Nicht, dass ich das wollte. Er war überheblich, unfreundlich … Und total süß. Halt! Ich mag diesen Typen nicht! Ich bin hier um Zeit mit meiner Mutter zu verbringen. Toni gehört nicht zu meinem Plan.

Dumm grinsend starrte ich ins Leere. Ich sah dunkle Strähnen, die ihm über die Augen fielen, sinnliche Lippen, ein markantes Kinn überzogen von einigen dunklen Bartstoppeln. Ich seufzte hörbar.

Lieber Gott, lass mich doch einmal nicht wie den letzten Vollhonk dastehen.

Dienstag, 31. Juli, 18 Uhr – in der Küche

Nachdem ich mich einige Zeit von dem peinlichen Vorfall erholt hatte, öffnete ich vorsichtig meine Zimmertür. Die Luft war rein. Es war aber auch so typisch für mich. Ich bin der geborene Tollpatsch, gerade in Gegenwart von Männern, für die ich eine Schwäche habe. Ich sicherte den Flur Navy CIS mäßig ab, und beeilte mich dann die Treppe runter zu kommen. Ich fand meine Mutter in der Küche. Der Duft des Was-auch-immer in einer großen Pfanne war bereits oben zu riechen gewesen.

»Na mein Schatz, ausgeschlafen?« Sie lächelte mich an und strich mir über die Wange. »Hast Du Toni schon kennengelernt?«

Tja, was sollte ich sagen? Ja, mein Herz setzt jedes Mal einen Schlag aus, wenn sein Name nur erwähnt wird, obwohl ich ihn erst 3 Mal gesehen habe und er ein ziemlicher Idiot ist.

Ich hätte einfach sagen sollen: »Ja, er wirkt nett.« Aber nein, nicht mit meinem Gehirn. Stattdessen sagte ich entrüstet: »Nein, ich habe diesen Idioten noch nie gesehen«, und lief sofort rot an.

Meine Mutter sah mich entgeistert an. »Schön, ehm… Du hast wohl etwas zu lange geschlafen, hm?« Sie tätschelte mir besorgt die Stirn. »Ich werde ihn gleich mal rufen, dann könnt ihn euch kennenlernen.«

Ich nickte, bemüht zu lächeln. Es musste ziemlich gequält ausgesehen haben, denn in diesem Moment hörte ich Jess sagen: »Jen, was ist dir denn über die Leber gelaufen?

Ich schüttelte das Lächeln ab. »Bin nur müde.«

Jess wandte sich meiner Mutter zu. »Was duftet denn da so lecker?«

»Das nennt sich Paella«, sagte sie. »Ein typisch spanisches Gericht. Ich möchte euch einen Einblick in die Kultur bieten. Daher habe ich Toni auch gebeten, sich ein paar Tage Urlaub zu nehmen, damit er sich um euch kümmern kann. Vielleicht könnt ihr ja auch seine Freunde kennenlernen. Es ist immer gut, ein paar Einheimische zu kennen.«

»NEIN!«

Die Beiden sahen mich erschrocken an.

»Ich meine, er muss sich nicht extra für uns diese Umstände machen. Wir haben schließlich auch ein Auto.«

»Aber Jenna«, warf Jess ein, »er kennt sich doch viel besser aus als wir. Außerdem schienst Du ihn doch vorhin ganz gut zu finden.«

Meine Mutter sah verwirrt aus »Wie jetzt? Ich dachte, ihr kennt euch noch nicht?«

»Oh, ich hatte das Vergnügen zwei ein halb Stunden lang die Sitzreihe mit Jenna zu teilen.«

Wir drehten uns um.

Toni lächelte süffisant. »Und keine Sorge, es macht mir keine Umstände für euch den Guide zu spielen. Ich mache das wirklich gerne.« Sein Lächeln war übertrieben höflich. Wohl, weil meine Mutter im Raum war.

»Oh, so ist das.« Mom schien noch immer nicht richtig zu begreifen, was hier eigentlich passierte. »Ich fände es jedenfalls schön, wenn ihr zwei euch anfreunden könntet. Jenna, jetzt bekommst Du endlich den Bruder, den du dir immer gewünscht hast.«

In diesem Moment wusste ich, dass ich sterben würde. Ganz ehrlich. Ich würde die Zeit hier nicht überleben. Es war einfach alles so unerträglich peinlich. Während meine Mutter Jess weiter über irgendwelche landestypischen Rezepte aufklärte, wandte sich Toni zu mir und flüsterte: »So, Du findest mich also gut?«

Mein Hals zog sich zusammen. Ich hatte das Gefühl jeden Moment das Bewusstsein zu verlieren. Unfähig zu antworten starrte ich aus dem Fenster. Irgendwie schaffte ich es dann doch ein »Nein.« hervorzupressen. Auch wenn mir selber klar war, dass es nicht gerade glaubwürdig klang.

»Ach so.« Er lächelte. »Verzeih mir, wenn ich deine Blicke falsch gedeutet habe.«

»Hast Du«, schnaubte ich.

Er grinste noch immer stumm vor sich hin.

»Toni, deckst Du bitte den Tisch?«, rief Mom.

»Natürlich.« Er verschwand, und ich konnte endlich wieder atmen. Ohne es zu merken, hatte ich die ganze Zeit über die Luft angehalten. Oh Mann, der Typ schaffte mich jetzt schon.

Ich bemerkte Jess Blick auf mir. Sie brauchte mich nur einmal kurz anzusehen, um zu wissen, was in mir vorging. Diese Fähigkeit hatte sie über die Jahre perfektioniert.

Wortlos tauschten wir Blicke aus, schnappten uns einige Schüsseln mit lecker aussehenden Tapas und brachten sie raus auf den großen Holztisch. Er war viel zu groß für nur fünf Leute, wie eigentlich alles in diesem Haus. Es war Josés Elternhaus, das er nach ihrem Tod bezogen und restauriert hat. Mom hat dann dem Garten ihren persönlichen Anstrich verliehen. Bougainvilleas rankten an den Säulen der überdachten Terrasse empor, rund um den lagunenförmigen Pool waren Beete angelegt. Beruhigend plätscherte ein Wasserstrahl ins tiefblau schimmernde Wasser. Ein kleines Paradies, eine private Ruhe Oase. Vielleicht schlage ich einfach hier ein Zelt auf und wohne im Garten. Das würde mir weitere Begegnungen mit Toni auf dem Flur ersparen. Allerdings glaube ich kaum, dass es aufgrund meiner Käferphobie eine so gute Idee wäre ...

In der Luft schwirrten Fliegen und Mücken, tanzten einen für uns unerkennbaren Tanz. Ich fühlte mich vollkommen geborgen. Bereits wenige Stunden nach meiner Ankunft stellte sich ein Gefühl von »Zuhause« ein.

Toni sah zu mir rüber. Er legte den Kopf schief, die dunklen Augen zur Hälfte geschlossen, den Mund leicht geöffnet. Zu gern hätte ich gewusst, was er dachte. Vielleicht auch besser nicht. Er schien immer noch nicht besonders erfreut über meine Anwesenheit.

Ich warf ihm einen bösen Blick zu und setzte mich an den gedeckten Teakholztisch.

Dienstag, 31. Juli, 17 Uhr – beim Essen

Ich glaube ich werde eine ganz tolle Zeit hier haben. Davon bin ich fest überzeugt. Wenn ich es nur oft genug wiederhole, glaube ich es vielleicht. Nicht genug, dass Toni mich offensichtlich so schnell wie möglich loswerden möchte, meine Mutter bekommt von dem Ganzen überhaupt nichts mit! Ich frage mich ehrlich, wie man die angespannte Stimmung beim Essen nicht bemerken kann. Oder sie will es einfach nur nicht. Sie war schon immer gut darin, Konflikten aus dem Weg zu gehen.

Jedenfalls hatten Mom und José kurz den Tisch verlassen. Ich wollte nett sein, also habe ich gefragt: »Also Toni, wo arbeitest Du eigentlich?«

»Guardia Civil.«

»Ah, heißt das, Du hast auch eine Waffe?«

»Das heißt, dass Du besser ganz lieb zu mir sein solltest.«

»Ha ha ha. Du hast nicht wirklich ne Knarre, oder?« Jess sah ihn nervös an.

Ein vielsagendes Grinsen zierte sein Gesicht. »Willst Du es drauf anlegen?« Langsam schob er eine Hand unter seine Jacke.

In diesem Moment erschien Mom im Türrahmen, und Toni lehnte sich selbstgefällig zurück. Jemand sollte diesem Kerl ganz schnell die Waffe abnehmen; sofern er denn wirklich eine besaß. Man hört ja viel, von Polizisten die irgendwann durchdrehen, weil sie mit der Macht, die ihnen zuteilwird, nicht umgehen können. Toni wirkt jetzt zwar nicht unbedingt wie ein machthungriger Beamter, aber man kann ja nie wissen. Er hat schon eine recht anziehende Ausstrahlung. Eh, EINSCHÜCHTERND, einschüchternd meinte ich!

Während wir aßen, zwang ich mich nicht vom Teller aufzusehen. Jess redete freudig mit meiner Mutter über Land und Leute. Da hatten sich zwei gefunden. Irgendwie nervte es mich, dass die Beiden sich so gut verstanden, sie war schließlich meine Mutter! Andererseits musste ich so nicht aktiv am Gespräch teilnehmen und ersparte mir weitere Blamagen. Ich lehne mich lieber zurück und beobachte Jess beim Reden. »Wo geht es denn eigentlich morgen hin, Herr Guide?«

»Es wird euch gefallen. Vertraut mir«, antwortete Toni.

»Sagt der Mann mit Waffe.«

Toni zwinkerte Jess vielsagend zu.

Ob er wohl vorhatte, uns zu erschießen? Er bringt uns an irgendeinen verlassenen Strand und dann BUMM. Niemand sieht oder hört etwas. Außer den Möwen, aber die können uns auch nicht helfen. Dann vergräbt er uns einfach irgendwo im Sand und wartet, bis das Meer sein Übriges tut. Eines Tages findet dann ein Kind unsere Überreste, als es gerade den Graben für seine Sandburg ausheben will. Aber der Verdacht fällt natürlich nicht auf Toni, er ist schließlich Polizist. Oh Gott! Er wird uns umbringen! Wie in dem Film, den ich mal gesehen habe. Eine Reihe von Morden ging um und hinterher stellte sich heraus, dass der Killer die ganze Zeit mit den Dorfbewohnern zusammen nach – na ja – sich selbst gesucht hat! Niemand hatte ihn verdächtigt, da er Kommissar war, und die Ermittlungen geleitet hat. Aber nicht mit mir.

Vielleicht bin ich auch einfach ein ganz kleines bisschen paranoid, und er zeigt uns wirklich nur ein paar schöne Ecken. Trotzdem: Ich werde wachsam bleiben, man weiß ja nie. Lieber paranoid und am Leben als ein gutgläubiges Opfer.

»Irgendwie ist der mir nicht geheuer«, flüsterte ich Jess zu.

»Ich weiß nicht, was du hast. Er wirkt doch ganz lustig.«

»Ja, lustig wie in, ,weißt du noch damals, als du dir beim Skateboard Fahren den Schneidezahn rausgehauen hast?'«

»Ach hör schon auf. Außerdem hast Du mir versprochen, diesen Vorfall nie wieder zu erwähnen!«

»Und das hast Du mir geglaubt?«

Sie boxte mich in die Seite. Mein unterdrückter Aufschrei klang wie ein sterbendes Meerschweinchen. Doch es schien sonst niemandem aufzufallen. Außer Toni natürlich. Dem entging aber auch gar nichts.

»Eigentlich ist es hier nicht üblich, so früh zu Abend zu essen, allgemein sind die Zeiten etwas mehr nach hinten verschoben. Aber ich habe heute Abend noch was mit euch vor. Im Ort findet eine Fiesta statt. Ich hoffe ihr habt Lust hinzugehen?« Erwartungsvoll ruhte Moms Blick auf uns.

Wir sahen uns an. »Klar haben wir!«

»Und was ist mit Dir?«, sie wandte sich an Toni.

»Ich denke ich passe. Ich muss morgen früh raus, wenn ich mir noch was für unsere beiden Touris überlegen möchte.« Touris. Er sagte es so abfällig.

»Du lässt doch sonst keine Fiesta aus, mi hijo.« José legte ihm die Hand auf die Schulter.

Toni schüttelte sie ab. »Vielleicht komme ich einen Moment mit.«

»Prima.« Mom strahlte. »Unser erster Ausflug als Familie.«

Auch wenn meine Auffassung von Familie eine andere war, Mom zuliebe spiele ich mal mit. Na gut, zeige mir eine Familie in der sich alle lieb haben. Irgendwie waren wir wohl tatsächlich so was wie eine Familie. Wir würden die nächsten drei Wochen zusammen in diesem Haus wohnen. Und dann werde ich die letzte Mayer sein. Der letzte Tempelritter, die einzige Überlebende einer Dynastie. Bis ich irgendwann dann Frau Philip Neuer bin. Familie Neuer kauft sich ein Haus in einem Vorort, bekommt zwei Kinder, einen Jungen und ein Mädchen. Sie haben einen Hund, sofern Philips angebliche Tierhaarallergie es zulässt, und machen genau zwei Wochen Urlaub im Jahr. Irgendwann wird Frau Neuer dann merken, dass sie ihr Leben nicht gelebt hat, wie sie es wollte und sich immer mehr von ihrer Familie abschotten. Ihr Kinder und ihr liebender Ehemann machen sich sorgen, doch sie dringen einfach nicht zu ihr durch. Irgendwann verfällt sie dann dem Alkohol und stirbt schließlich allein vor dem Fernseher mit dreißig Katzen. Oh Gott, ICH KANN NICHT HEIRATEN!

Alle sahen mich an. Hatte ich das gerade etwa laut gesagt?!

Meine Mutter sah mich entgeistert an. »Wie gut, dass Du das auch nicht musst; Sondern ich.«

»Ich eh, es tut mir leid. Ich war bloß in Gedanken.«

Ich lachte nervös. Unter vier skeptisch blickenden paar Augen stand ich auf und nahm meinen Teller. »Ich räume dann mal den Tisch ab.« Klasse Jenna, das hast Du mal wieder super hinbekommen. Kaum einen Tag da und schon zum Volldeppen gemacht. Eigentlich sollte ich einen Preis bekommen.

Die Nominierten in der Kategorie Vollidiot: Jenna Mayer für »Oh Gott, ich kann nicht heiraten«, Jessica Roth für »Mir fehlt ein Zahn« und Philip Neuer für »Ich habe eine andere geküsst, willst Du mich heiraten?« And the idiot goes to ... Jenna Mayer!!! Herzlichen Glückwunsch, zu dieser tollen Leistung!

Dienstag, 31. Juli, 22 Uhr – Plaza Mayor

Die Atmosphäre war überwältigend. Unzählige Menschen unterhielten sich, lachten, tranken und tanzten. Alle schienen sich köstlich zu amüsieren. Einige Männer spielten auf mir fremden Instrumenten. Es sah aus, wie ein Trinkbecher mit Deckel in den ein Strohhalm hinein und herausglitt. Frauen sangen dazu in einer Sprache, die ich nicht verstand. Mallorquín, folgerte ich.

Über uns spannte sich ein Himmel aus tausenden Lichtern, die Band spielte fröhliche Musik mit spanischen Gitarren und Rasseln. Allein hier zu stehen hob meine Laune beträchtlich. Ich war beeindruckt von der unbändigen Lebensfreude der Insulaner.

Aus dem Augenwinkel sah ich, wie Toni sich zu einer Gruppe junger Frauen gesellte. Sie schienen sich gut zu kennen. Küsschen links, Küsschen rechts. Oke, das macht man hier so. Er nimmt eine von ihnen in die Arme, hebt sie hoch und wirbelt sie herum.

Sie ist unglaublich schön. Ihre langen dunklen Haare fallen locker auf ihre Schultern, sie trägt ein weißes Sommerkleid. Der Kontrast zu ihrer braunen Haut lässt es leuchten. Als sie lachte, bilden sich kleine Fältchen um ihre Augen.

Toni nimmt ihre Hand und sie verschwinden in der lärmenden Menschenmenge. Ich hasse sie, ohne sie überhaupt zu kennen.

José tanzt mit meiner Mutter bereits verliebt unter den tausenden kleinen Lichtern, die wie Glühwürmchen sanft hin und herschaukeln. Jess und ich standen noch immer wie angewurzelt da. Sie schien die Atmosphäre genauso zu überwältigen. »Wunderschön findest Du nicht auch?«

»Ja«, hauchte ich.

»Sieh dir deine Mutter an. Sie wirkt so glücklich. So habe ich sie früher nie erlebt.«

Da hatte sie Recht. Das Leben hier, die Sonne und vor allem die neue Liebe hatten sie verändert. Ihr Ausdruck war ein anderer. Wenn man einem Menschen genau ins Gesicht sieht, dann erkennt man, wer einen da anschaut. Hinter jeder einzelnen Falte verbirgt sich eine Geschichte.

Jess beobachtete die Tanzenden gedankenverloren.

Ich konnte mir schon denken, an wen sie gerade dachte. »Er fehlt dir, oder?«

Sie lächelte. »Ja. Schon jetzt! Dabei sind wir erst knapp einen Tag getrennt.«

»Tja, das muss Liebe sein.«

»Fehlt dir Philip denn gar nicht?«

Mit dieser Frage traf sie einen wunden Punkt. »Doch klar. Aber wir haben uns die letzten Tage ja eh schon kaum gesehen. Außerdem sind wir doch grad probeweise getrennt.« Tatsächlich fehlte er mir überhaupt nicht. Doch was das für unsere Beziehung bedeutete, darüber wollte ich nicht weiter nachdenken.

In diesem Moment kam Mom lachend angelaufen. »Los kommt mit! Die Musik ist gerade so gut!« Sie zog uns mit sich und wir konnten nicht anders als sofort gute Laune zu bekommen. Lachend tanzten wir zu viert bis spät in die Nacht hinein. Es tat richtig gut, mal wieder so ausgelassen zu sein. Über nichts nachdenken und sich einfach der Musik hingeben.

So fiel mir auch kaum auf, dass Toni sich den ganzen Abend nicht mehr sehen ließ. Wahrscheinlich hatten er und seine tolle Bekanntschaft sich irgendwohin zurückgezogen und gaben sich am Strand einander hin. Die passen ja auch zusammen. Zwei schöne Menschen mit ihren perfekten Körpern. Wie sollte ich da schon mithalten. Ich war zwar nicht wer weiß wie dick, aber eine Größe 34 trug ich auch nicht gerade. Oder 36. Oder 38. Eigentlich stört mich das gar nicht, nur manchmal eben...

Also, nicht dass ich mithalten wollte. Schließlich interessiert er mich überhaupt nicht. Kein Stück. Nicht die Bohne.

Hauptsache er ist morgen früh pünktlich zurück. Ich möchte schließlich etwas von der Insel sehen.

Um etwa zwei Uhr nachts machten wir uns auf den Heimweg. Bis auf die zwei Stunden Schlaf heute Mittag hatte ich seit vorgestern Nacht kein Bett mehr gesehen. Ich war völlig durch. Mom und José verabschiedeten einige Bekannte und endlich führte unser Weg zum Auto.

Ich bekam nur noch mit, wie ich mich ins Auto setzte und plötzlich standen wir vor unserer Auffahrt. Beleuchtet sah alles noch viel schöner aus. Langsam glitt das automatische Tor zur Seite und schon fielen meine Augen wieder zu.

Mittwoch, 1. August, 10 Uhr - im Bett

Ich habe keine Ahnung, wie ich hier hingekommen bin. Das Letzte, an das ich mich erinnere, war unsere Auffahrt. Aber ich lag in meinem Bett, in meinem Snoopy Nachthemd.

Mühsam richtete ich mich auf. Einige Sonnenstrahlen fielen sanft durch die Vorhänge auf das Fußende meines viel zu großen Bettes. Ich ließ meine müden Augen durch das Zimmer schweifen. Keine weiteren Überraschungen, kein nackter Mann in meinem Bett. Gut.

Ich griff nach meinem Handy, das auf dem Nachtschrank lag. 10 Uhr. Dann bemerkte ich einen Zettel, der darunter gelegen hatte.

Guten Morgen, mein Schatz!

Wenn Du wach bist, komm einfach runter in die Küche, wir warten schon auf Dich. Solltest Du nicht vor halb elf aufgewacht sein komme ich dich holen! ;) Ihr habt heute schließlich noch so einiges vor.

Kuss, Mom

Oh richtig ... Jetzt fiel es mir wieder ein. Heute würde ich den ganzen Tag mit Toni verbringen. Und mit Jess natürlich.

Wie aufgescheucht sprang ich aus dem Bett und schnappte mir ein Handtuch.

Nach einer entspannenden Dusche zog ich mir schnell meine Lieblingsshorts an. Dazu ein pinkes Top und fertig war mein Outfit. Wobei ... Es kommt mir doch ein wenig zu schlicht vor. Ich ziehe lieber das gestreifte Shirt mit mehr Ausschnitt an. Es soll schließlich warm werden!

Also, mal sehen:

- Handy, für Notrufe
- Sonnenbrille
- Portmonee
- Labello
- Deo (wer weiß, wie lange wir unterwegs sind.)
- Kamera
- Tic Tacs, ganz wichtig!
- Tempos
- Nagelfeile (noch wichtiger! Wenn ich nichts zu tun habe, brauche ich immer was in der Hand.)
- Haargummis

Alles klar, ich denke, das war's. Ich verstaute die Sachen, die ich zuvor auf dem Bett ausgebreitet hatte in meiner kleinen schwarzen Umhängetasche. Philip war immer wieder erstaunt, wie viel da so rein ging. Ein wahres Raumwunder, diese Handtaschen. Deswegen konnte Frau auch nie genug davon haben. Ich glaube, ich habe allein vier Stück mitgenommen. Nicht die zu vergessen, die ich beim Flug dabeihatte.

Unten angekommen hörte ich bereits die Stimme meiner Mutter. Sie unterhielt sich mit Jess über letzte Nacht, als ich dazu stieß. »Guten Morgen«, schallte es mir unisono entgegen.

»Morgen.« Ich nahm mir eine Tasse vom Tisch und goss Kaffee ein. Meine Augen wollten noch immer nicht so recht aufbleiben, auch die Dusche hatte nicht nachhaltig gewirkt.

»José muss leider schon arbeiten«, teilte Mom mir mit. »Aber Toni müsste jeden Moment hier auftauchen.«

»Ach, ist er gestern Nacht doch noch nach Hause gekommen?«

Die beiden sahen mich verwirrt an. »Er kam doch nur wenige Minuten nach uns.«

»Ja«, grinste Jess. »Und dann hat er dich nach oben getragen, weil du so süß geschlafen hast.«

Mein Magen drehte sich um. TONI hatte mich ins Bett gelegt? Oh Gott ...

Jess bemerkte meinen schockierten Gesichtsausdruck. »Keine Sorge, ICH habe dich umgezogen.« Sie lachte.

»Das ist NICHT witzig!«

»Ein bisschen schon.«

Ich zog einen Schmollmund und verschränkte die Arme vor der Brust.

Moment mal. Das hieße ja ... Er hat die Nacht nicht mit Fräulein Perfekt verbracht! Diese Tatsache verlieh mir eine gewisse Genugtuung.

»Buenas.« Toni setzte sich neben mich. Er legte den Kopf schief uns grinste. »Ausgeschlafen?«

»Ja. Und Du?« Ich sah ihn mit festem Blick in die Augen.

»Ich kann nicht klagen.«

»Me voy, Toni.«, ertönte eine Frauenstimme aus dem Hintergrund. »Hasta luego.«

»Hasta pronto!«, rief er ihr hinterher. Stumm grinste er vor sich hin. In Gedanken war er wohl noch bei letzter Nacht.

»Bleibt Ana nicht zum Frühstück?«, fragte Mom.

»Nein, heute nicht.«

Ich fühlte mich, als hätte mir jemand einen Dolch in den Bauch gerammt. Natürlich hat er eine Freundin. Wie konnte ich denken, dass ein Mann wie Toni noch Single wäre.

»Sie ist bei der Familie ihres Freundes eingeladen«, fuhr er fort.

»Sie betrügt ihren Freund?!«, platzte es aus mir raus. »Und Du machst bei so was mit?!«

»Ich habe keine Ahnung, wovon Du redest.«

»Oh komm schon! Die Art, wie du sie gestern angesehen hast. Und dazu die Tatsache, dass sie über Nacht hier war!«

Er kniff die Augen zusammen. »Das ist mir echt zu blöd.«

Als er gerade aus der Küche stürmen wollte, hielt Mom ihn auf. »Setz dich hin, Toni.« Sie drückte ihn auf einem Stuhl. »Also«, sagte Mom ruhig. »Ana ist nur eine gute Freundin von Toni. Nicht, dass er es nicht versucht hätte.« Sie warf ihm einen scharfen Blick zu. »Trotzdem: Sie ist wie eine Schwester für ihn, nichts weiter.«

Ich kam mir vor wie der unsensibelste Mensch auf Erden. Ich hatte mir vorschnell ein Urteil erlaubt und Toni damit vor den Kopf gestoßen.

»Es tut mir leid. Das konnte ich ja nicht wissen. Es ist nur ... Ich habe gerade erst am eigenen Leib erfahren, wie sich so was anfühlt, und ...« ich konnte nichts dagegen tun, auf einmal liefen mir Tränen die Wange runter. Ich schluchzte, konnte nicht mehr sprechen. Ich weiß nicht mal richtig, was der Auslöser war.

Sofort nahmen Mom und Jess mich in den Arm.

Und Toni? Der saß einfach bloß da, regungslos und starrte mich an. Man merkte, dass ihn die Situation überforderte.

»Und dann macht er mir einen Antrag!« Die Worte sprudelten nur so aus meinem Mund. Auch wenn man kaum eines davon verstehen konnte. »Könnt ihr das glauben? Das ist doch nicht normal! Ich bin völlig verwirrt! Und dann tauchst Du auf«, ich sah meine Mutter an, »und José und ... Toni.« Ich wimmerte vor mich hin. »Ich bin ein nervliches Wrack! Man kann von mir nicht erwarten, dass ich kluge Dinge tue oder überhaupt über das nachdenke, was ich sage. Ich kann gar nicht mehr denken!«

Toni biss sich auf die Lippe. Zögerlich streckte er einen Arm nach mir aus. Entschied sich dann aber doch anders. »Schon gut. Ich bin dir nicht böse. Aber hör auf zu weinen, das macht dich hässlich.«

Ich sah ihn schockiert an. Die Augen rot, mein Gesicht geschwollen. »Du findest mich hässlich?!«

»Ehm ... Gerade schon etwas.«

»Du bist ein Arschloch!«, fauchte ich und schlug nach ihm. Meine Hand verfehlte seinen Arm knapp.

»Kann sein«, sagte er, »aber immerhin sehe ich gut dabei aus.«

Mom warf ihm einen bösen Blick zu.

»Schon gut. Ich lasse euch für einen Moment allein. Wenn ihr später immer noch fahren wollt, sagt Bescheid.« Er verließ den Raum.

Und für einen kurzen Moment habe ich wirklich gedacht ich hätte ihn mit meinen Worten verletzt. Doch Toni konnte man nicht verletzen. Der war kalt wie ein Stein. Wahrscheinlich war er nicht mal fähig Gefühle zu entwickeln. Deswegen hatte er auch keine Beziehung; weil Toni ein gefühlloser Klotz ist.

Mom war inzwischen aufgebrochen. Klar, sie musste sich weiter um die Hochzeitsvorbereitungen kümmern.

Jess und ich saßen auf dem Sofa und sahen uns irgendwelche Serien an.

»Na, wieder besser?«

Als wir Toni bemerkten, schaltete Jess den Fernseher aus.

»Nein.« Ich fasste mir ins Gesicht. Ich hatte mir Mühe gegeben, die rötliche Verfärbung um meine Augen zu überschminken.

Toni setzte sich auf das Sofa gegenüber. »Es tut mir leid. Manchmal weiß ich nicht, wie ich in solchen Situationen reagieren soll.« Er lächelte. »Und Du siehst gar nicht hässlich aus.«

Nanu, zeigte sich gerade etwa eine winzig kleine Gefühlsregung?

Schon hatte er mich wieder um den Finger gewickelt. Irgendwas an ihm konnte ich einfach nicht widerstehen.

Zum Zeichen des Wohlwollens reichte er mir seine Hand.

»Wollen wir denn los?«, fragte er versöhnlich.

»Na sicher!«, antwortete Jess für mich mit. Sie nahm meinen Arm und zog mich mit sich, Toni hinterher zur Garage. Bis wir schließlich vor einen roten Jeep standen.

»Ich dachte, wir nehmen deinen Passat?«

»Aber doch nicht heute.« Er grinste verschwörerisch. »Der Jeep ist besser, wenn es offroad geht.«

Jess starrte begeistert das Ungetüm von Auto an. Mir wurde etwas mulmig zumute. »Offroad« Mir fiel meine Mordtheorie von gestern wieder ein. Und dann saß ich plötzlich auf der Rückbank des Jeeps. Drei Anschnaller klickten, zwei Türen wurden zugeschlagen, ein Motor startete und ich hatte null Ahnung, wo es hingehen sollte.

Erdfarbene Landschaften zogen an uns vorbei wie Szenen in einem Film. Einzelne grüne Büsche standen am Wegesrand. Auf den kahlen Feldern waren große Heuballen verteilt. In der Ferne konnte ich einige Berge erkennen.

Der Fahrtwind peitschte mir nur so um die Ohren und fühlte sich dennoch auf meiner sonnengewärmten Haut angenehm an. Tonis Haare wirbelten durch die Luft, er hatte eine Hand lässig auf dem Lenkrad liegen, die andere ruhte auf seinem Bein.

Wir rauschten vorbei an kleinen Ortschaften und endlosen Feldern. Ich fühlte mich frei. Dieses Gefühl hatte ich lange nicht mehr gespürt. Alle Sorgen waren wie weggeblasen, es zählte nur noch dieser Moment.

Toni setzte den Blinker rechts. »So Mädels, dann macht euch mal bereit etwas unwegsameres Gelände zu betreten.« Wir verließen die Schnellstraße und gelangten an einen kleinen Weg.

»Solche Wege nennt man Camís«, klärte Toni uns auf und bog in einen ungepflasterten Feldweg ein. Er war übersäht von Schlaglöchern aber der Jeep besaß zum Glück gute Stoßdämpfer. So wurden wir nur ein bisschen durchgeschaukelt. Zugegebenermaßen machte es ganz schön Spaß. Toni heizte wie ein Bekloppter die schmale Gasse entlang. Wäre uns jemand entgegengekommen, er hätte wohl kaum noch rechtzeitig bremsen können. Aber darüber dachten wir in diesem Moment nicht nach. Für solche Gedanken hatten wir viel zu viel Spaß.

Nach einigen Kilometern hielten wir schließlich an einem kleinen Waldstück.

»Von hier an müssen wir laufen. Der Weg ist stellenweise ziemlich steil aber glaubt mir, er lohnt sich.«

Wir zuckten die Schultern und stiegen aus. Hätte ich jetzt schon gewusst, WIE steil, wäre ich einfach im Wagen geblieben und hätte mich lieber von irgendeinem Landstreicher klauen lassen.

Aber ich wusste es ja nicht. Also stiefelten wir voller Elan los. Ich wollte schließlich beweisen, dass ich auch was anderes konnte, als nur peinlich sein.

Unser Weg führte uns gefühlte 50 Kilometer durch einen dicht gewachsenen Pinienwald. Der unverwechselbare Geruch stieg mir sofort in die Nase. Es war ein Geruch nach Kindheitserinnerungen, nach Urlaub und Unbeschwertheit. Und nach Harz. Definitiv auch eine Menge Harz. Und gerade habe ich meine Hand mitten reingesteckt, als ich mich an einen Baum gelehnt habe. Klasse. »Jess kannst Du mir mal ein Tempo aus meiner Handtasche holen?«

»Ehm, welche Handtasche?«

Panisch fasste ich an meine Hüfte. Da war tatsächlich keine Handtasche!! Ich musste sie im Wagen vergessen haben. Jetzt war es auch zu spät sie zu holen, wir waren schon fast eine Stunde gelaufen. Ich bin aufgeschmissen ohne den Inhalt meiner Tasche! Was mache ich, wenn ich jetzt Mundgeruch kriege, oder schwitze? Oder wenn sie der eben erwähnte Landstreicher aus dem Auto klaut? »Mein Handy ist darin, mein Portmonee, einfach ALLES!«

»Ja ich weiß. Keine Sorge, es wird ihr schon gut gehen.« Jess legte mir aufmunternd die Hand auf den Rücken.

»Nicht anfassen! Ich schwitze schon genug, und jetzt ohne Notfalldeo ...«

»Oh Jenna, jetzt mach dich mal locker! Ich hab so was auch nicht dabei.«

»Ja, weil DU immer meins benutzt.«

»Oke, da hast Du Recht. Trotzdem, hier draußen ist niemand den es interessiert, ob Du stinkst.«

Ich blickte zu Toni. Er hatte von meiner Panik gar nichts mitbekommen und war weitergegangen.

Jess folgte meinem Blick. »Nein, nein nein. Jetzt fang nicht wieder damit an. Ich dachte, das Thema sei durch? Er ist ein Idiot und Du hast zu viel Selbstachtung, um seinem Charme zu verfallen.«

»Stimmt ja auch«, sagte ich kleinlaut, «aber deswegen muss ich ihn ja nicht mit meinem Gestank belästigen.«

Jess verdrehte dich Augen und eilte schnellen Schrittes Toni hinterher. »Mir egal, was DU machst, ICH gehe jetzt.«

»Hey, warte!« Ich versuchte ihr hinterherzukommen, verfing mich jedoch ständig in irgendeinem Ast. Die Natur und ich standen nach wie vor auf Kriegsfuß.

Als ich die beiden endlich eingeholt hatte, erstreckte sich vor uns ein wahres Postkartenmotiv. Wir standen an einer steilen Klippe, unter uns das Meer. Es war tiefblau, stellenweise fast schwarz. Schäumend brachen sich Wellen an den spitzen Felsen, die aus dem Wasser ragten.

Auf der rechten Seite lag eine Bucht. Man konnte sie kaum erkennen, da einige Pinien die Sicht versperrten.

Dort waren die Wellen sanfter, kaum zu sehen. Das Wasser war türkisblau, weiter vorne zunehmend klarer. Man konnte erahnen, dass es an dieser Stelle nicht sonderlich tief war.

Keine Menschenseele war zu sehen. Wir waren allein.

Toni hatte nicht zu viel versprochen, der Weg hatte sich gelohnt. Doch das Schlimmste stand mir erst noch bevor: der steile Abstieg an der ungesicherten Klippe.

»Und da sollen wir runter?« Ich sah ihn skeptisch an.

»Klar ist doch kein Problem. Ich hab das schon tausendmal gemacht.« Und genauso geschickt stellte er sich auch an. Toni stieg leichtfüßig die Steine hinab. Man konnte Ansätze einer steinernen Treppe erkennen. Schnell war er unten angekommen und rief uns zu: »Jetzt ihr.« Er müsste mich gar nicht erschießen, falls er das vorhatte. Ich würde schon beim Abstieg sterben. Und dann konnte er einfach behaupten, dass es ein Unfall war. Wieso bin ich nicht vorher drauf gekommen.

»Geh du ruhig vor.« Ich trat einen Schritt zurück.

»Kommt gar nicht in Frage. Wenn ich dich hier zurücklasse, kommst Du eh nicht nach.« Sie hatte mich durchschaut.

Ich seufzte. »Habe ich denn eine Wahl?«

Jess grinste und schüttelte den Kopf.

Dann mal los. Vorsichtig, einen Fuß nach dem anderen und bloß nicht runtergu... Oh Gott ... Mir stockte der Atem, als mein linker Fuß kurz abrutschte.

Unter meinen Füßen fielen kleine Steine in die Tiefe. 1 ... 2 ... 3 ... 4 platsch. Es ging bedrohlich tief runter.

Endlich trennten mich nur noch drei Stufen vom rettenden Boden, bis ich erneut abrutschte, und das Gleichgewicht verlor...

Mittwoch, 1. August, 16 Uhr - am Strand

Die letzten Meter nahm ich schneller, als ich es mir gewünscht hatte. Ich fiel, sah mein Leben an mir vorbeiziehen und landete schließlich...

...in Tonis Armen. Ein Wunder, dass ihn mein Aufprall nicht umgehauen hat.

»Du konntest es wohl kaum erwarten, bei mir zu sein«, lachte er und sah mich mit den tiefsten braunen Augen der Welt an.

Ich war im Schockzustand, unfähig mich zu bewegen. Alles, was ich wahrnahm, waren seine starken Arme und sein Geruch ... Am liebsten hätte ich meinen Kopf in seinem Hals vergraben.

»Jenna?« Jess eilte herbei. »Oh Gott, geht es ihr gut?«

Vorsichtig legte Toni mich in den weichen Sand, und mit ihm verschwanden seine Arme und sein Geruch aus meiner Wahrnehmung. Ich war völlig benebelt.

Das Nächste, das ich bemerkte, war Jess kalte Hand auf meiner Stirn.

»Jenna kannst Du mich hören?« Besorgt strich sie mir die Haare von meiner Stirn.

Ich öffnete leicht die Augen. Ich wollte antworten, doch mehr als ein »Ehhh« brachte ich nicht raus.

Toni erschien wieder in meinem Sichtfeld und verdunkelte die Sonne. Was jetzt nicht nur Gerede ist, da seine breiten Schultern tatsächlich Schatten spendeten. Er sah besorgt aus. Überhaupt nicht wie ein Mörder, dessen Plan aufgegangen ist. Er kniete sich neben mich in den Sand. »Hier trink das.«

»Du hattest die ganze Zeit Wasser dabei?!« Jess funkelte ihn an. »Ich war schon vor einer Stunde am Verdursten.«

»Du lebst ja noch, oder?« Toni drückte mir eine Flasche in die Hand und schloss meine Finger darum.

Ich konnte nichts tun, als ihn dankbar anzulächeln. Jedenfalls hoffe ich, dass es als Lächeln zu erkennen war.

Toni fühlte meine Stirn. »Sie ist noch immer ganz warm.«

Kurz verschwand er, und als er wiederkam, legte er mir etwas Kaltes, Nasses auf die Stirn. Sein Hemd. Also wer bei diesem Anblick nicht sofort wieder wach gewesen wäre, dem kann ich auch nicht mehr helfen. Ich konnte nicht anders, als ihn anzustarren. Toni, der gefühlskalte Klotz kümmerte sich rührend um mich.

»Danke«, murmelte ich.

Er sah zum Himmel, dann wieder zu mir. »Wenn wir am Auto sein wollen, bevor es dunkel wird, sollten wir bald aufbrechen.«

Was? Wie lange hatte ich denn hier gelegen? Tatsächlich, die Sonne stand schon ziemlich tief.

»Es sei denn, ihr wollt die Nacht gern hier draußen verbringen.«

»Nicht unbedingt, nein.« Jess war genauso wenig eine Outdoor Fanatikerin, wie ich es war. Zumindest, seit sie in einem Sommer mal von einer Horde Waschbären angegriffen wurde. Blutrünstige Biester.

»Ich glaube kaum, dass Jenna den Aufstieg schafft.« Er zog sein Handy aus der Tasche und telefonierte aufgeregt auf Spanisch. Ob das jetzt allerdings seine wirklichen Gefühle waren, konnte ich nicht mit Sicherheit sagen; Spanier klangen am Telefon eigentlich immer aufgeregt.

Ich verstand jedenfalls kein Wort. Bisher hatte sich der Spanischunterricht in der Schule nicht besonders bewährt. Aber hey, immerhin konnte ich Texte analysieren. Das half mir doch gerade wirklich weiter.

Toni kehrte zurück. »In einer viertel Stunde kommt unsere Rettung. Mein Kollege Bernat hat ein kleines Boot, er wird uns abholen.«

»Toni?« Ich winkte ihn zu mir heran. »Wenn Du mich das nächste Mal versuchst umzubringen, dann führ es auch zu Ende, ja?«

Er lachte schwach. »Ich werd's mir merken.« Seine Schuldgefühle schienen tatsächlich echt zu sein. Das musste ich noch eine Weile ausnutzen.

Bis Bernat endlich mit seinem Boot angeschippert kam war bestimmt fast eine Stunde vergangen.

Es war ein kleiner Kahn, der die Bezeichnung »Boot« kaum verdiente. Aber egal, er schwamm, und wir hatten alle Platz darin.

Jess half mir auf und stützte mich auf dem Weg durch den Sand.

»Danke, ich bekomm das allein hin.«

»Kommt gar nicht in Frage. Du mit deinem Talent schaffst es noch, dir ein Bein zu brechen.«

Ich gab auf und ließ mir in das kleine Boot helfen.

Immerhin besaß es einen Motor, sodass die Fahrt schnell verging. Die salzige Seeluft schlug mir ins Gesicht, meine Haare wirbelten in alle Richtungen. Ich fühlte mich, als würde ich schweben. Die ganze Fahrt über hielt Jess meine Hand und ließ sie auch beim Aussteigen nicht los.

Toni bedankte sich herzlich bei Bernat und stieß dann zu uns. »Ihr wartet hier, ich hole das Auto. Und setzt euch ja in den Schatten.«

Mittwoch, 1. August, 20 Uhr - zuhause auf der Finca

Was für ein Tag.

Zuhause angekommen empfing uns gleich meine Mutter, die Toni bereits angerufen und vorgewarnt hatte. Sie begutachtete mich von oben bis unten. Irgendwie rührend, ihre neu entdeckten Muttergefühle.

»Geht es dir gut, Schatz?«

Ich nickte. »Alles in Ordnung.«

Dann wandte sie sich Toni zu. »Was fällt Dir eigentlich ein, sie bei der Hitze durch die Pampa zu jagen?«

»Sarah beruhige dich. Es ist doch nichts passiert.«

»Ja aber das hätte es! Geh dich jetzt fertigmachen, heute Abend steht unser Probeessen an.«

Er drehte sich kopfschüttelnd um. »Manchmal vergisst du wohl, dass ich 26 Jahre alt bin.«

»Ich nicht, aber DU anscheinend. Als Erwachsener trägst Du Verantwortung für die beiden.«

Jess und ich warfen uns einen schnellen Blick zu. »Na ja«, warf sie ein, »wir sind eigentlich auch erwachsen.«

Mom funkelte uns böse an. »Prima. Dann könnt ihr jetzt auch nach oben gehen und euch fertigmachen. Wie ich Toni grad schon gesagt habe, wir testen heute Abend den Caterer für unsere Hochzeit.«

Obwohl ich eigentlich nur noch ins Bett wollte, wusste ich, dass wir wohl nicht drum herum kämen.

»Also.« Jess schloss die Tür hinter sich. »Bis auf die Tatsache, dass Du dich mal wieder fast umgebracht hättest, ist der Tag doch gut gelaufen.« Sie schnappte sich einige Kleider aus dem Schrank und warf diese dann auf mein Bett. Dann betrachtete sie den Klamottenhaufen kritisch. »Schon irgendeine Idee?«

»Nein. Aber es muss der Hammer sein.«

»Ich weiß auch, wieso«, grinste sie.

»Ach halt doch den Mund!« Ich schlug sie mit einem der vielen Zierkissen.

»Na warte!« Schneller als ich gucken konnte hatte sie mir ein pinkes Kissen über den Kopf gezogen.

Wir kicherten ungehalten und verprügelten uns mit den Kissen. Bis ich schließlich nicht mehr konnte.

»Halt, stopp! Frieden?« Ich warf meine Waffe auf den Boden.

»Na gut.« Langsam legte sie das Kissen zu Boden, um mich wenige Sekunden später erneut damit zu treffen. »Oke, oke. Tut mir leid. Jetzt ist echt Schluss.« Sie grinste mich an. »Hier.«

Ein dunkles kurz geschnittenes Kleid flog in meine Arme. »Der Ausschnitt ist genau das Richtige für heute Abend.«

»Darin sehe ich aus wie eine Nutte. Ich weiß gar nicht, warum ich das damals gekauft habe.«

»Na, damit kennst Du dich doch schon aus.«

Unter lautem Geschrei brach ein erneuter Kissenkrieg aus, bis wir uns schließlich vor Lachen auf dem Boden krümmten.

»Mädels?« Mom schrie drängelnd von unten.

»Upps.«

Im Eiltempo zogen wir uns an, Jess ein khakifarbenes Long Shirt mit schwarzer Short, und ich das kurze dunkle Kleid, das seinen Effekt sicher nicht verfehlen würde.

Wow. José sieht in seinem dunklen Anzug richtig elegant aus. Oke, die gestreifte Fliege stört das Gesamtbild etwas, aber trotzdem.

Von Toni will ich erst gar nicht anfangen, da kommt eh nichts Gescheites bei raus ... Nur so viel: Die nervige Kellnerin starrt die ganze Zeit zu uns rüber. Was sicher nur zu 10 Prozent an Josés Fliege liegt.

Wir haben seit der Autofahrt kein Wort mehr miteinander gewechselt. Ich glaube, er weiß nicht genau, wie er sich verhalten soll. Schließlich ist er ja irgendwie schuld an meinem Unfall, auch wenn nichts passiert ist. Mom ist immer noch ein bisschen sauer auf ihn. Na ja, das Letzte, das er zu mir gesagt hatte, war jedenfalls:

»Nettes Kleid.« Was so ziemlich alles bedeuten konnte. Wollte er mich ärgern? Gefiel es ihm, oder war das sarkastisch gemeint? Oder fand er es wirklich bloß »nett«. Wie in »rein-platonische Freundin« nett.

Spätestens seit dem Tag heute konnte ich mir nichts mehr vormachen. Ich fand ihn ganz und gar nicht »rein-platonisch« nett. Oh nein. Hätte ich in Deutschland nicht einen Freund sitzen, und würde Toni mich attraktiv finden, dann...

Warum mache ich mir da überhaupt Gedanken drüber? Er steht offensichtlich nicht auf mich, warum sollte er auch. Ich sehe weder besonders toll aus, noch bin ich lustig oder besonders kreativ. Eigentlich kann ich gar nichts besonders gut. Ich bin einfach ich. Tollpatschig und neurotisch mit einem Hang zum Überdramatisieren. Und eine schlechte Freundin. Bis auf eine SMS »Bin gut angekommen« habe ich mich seit meiner Ankunft nicht bei Philip gemeldet. Er hingegen hat mich regelrecht zugespammt; bis ich schließlich mein Handy auf stumm gestellt habe. Ich melde mich bei ihm, wenn ich bereit dafür bin. Das habe ich ihm gesagt. Und ich war schließlich erst zwei Tage hier. Ich war noch längst nicht bereit dazu. Andererseits waren wir im Moment auch nicht fest zusammen.

Unzählige Speisen wurden uns nacheinander von den Kellnern aufgetischt. Doch die Kellnerinnen hatten ein Auge auf etwas ganz anderes geworfen ... Jedes Mal, wenn sie meinen Blick bemerkten, schauten sie ertappt zur Seite.

Ich glaube, eine von ihnen hat gerade versucht, Toni ihre Nummer zuzustecken. Aber die nimmt er sicher nicht an. Ha! Sieh genau hin, Du blöde Kuh! Er nimmt die Nummer, schaut kurz drauf, lächelt und ... Jetzt wird er sie weglegen. Oder zerknüllen. Moment mal ... Er steckt sie in seine Hemdtasche und grinst! Kein Grund zur Panik, er will sie sicher bloß nicht verletzen. Später wirft er die Nummer dann weg. Ganz bestimmt.

Toni sitzt mir gegenüber. Ab und zu schwebt eine kleine Duftwolke seines Parfüms zu mir rüber. Ich versuche, sie unauffällig einzusaugen. Sieht bestimmt bescheuert aus. Aber ich kann immer noch behaupten, dass ich am Essen schnuppere.

Ich habe Mom vorhin mal gefragt, wie sie sich mit Toni so versteht. Schließlich haben es Stiefmütter ja meistens ziemlich schwer. »Am Anfang lief es nicht so gut«, hat sie gesagt. »Er braucht eine Weile, bevor er jemanden an sich ranlässt. Aber inzwischen hat er mich glaube ich akzeptiert.« Dann hat sie gelacht. »Mit euch wird das schon noch. Wir sind doch alle erwachsene Menschen!« Ich habe mich dann entschieden, ihr lieber nichts von meinen Gedanken zu verraten. In drei

Wochen bin ich sowieso wieder weg, da muss sie das gar nicht erfahren. Ich habe mit ihr damals auch nicht über Philip geredet.

Was? Hallo? Wie dreist kann man bitte sein? Beim Greifen nach einigen Tellern lehnt sich die Kellnerin gaanz weit nach vorne und hält Toni, natürlich völlig unabsichtlich, ihr riesen Möpse ins Gesicht.

»Entschuldigt mich.« Ich springe auf und haste zu den Toiletten, natürlich nicht, ohne der Pute im Vorbeigehen noch eins mit dem Ellenbogen in die Rippe zu verpassen. Nur ganz leicht versteht sich. Trotzdem keucht sie, als hätte ich sie mit einem Hammer geschlagen. Selbst Schuld. Hätte sie ihre dumme Nummer einfach bei sich behalten.

Jess stürmte mir hinterher und hielt mich vor der Klo Tür auf. »Was hast Du denn für ein Problem?«

»Er würdigt mich keines Blickes«, keifte ich. »Und mein Kleid findet er ‚NETT‘!«

»Na ja, was soll er denn auch sagen. DU hast schließlich einen Freund, also irgendwie.«

»Ex-Freund.«

»Na das klingt ja als hätte jemand sich schon entschieden.« Sie grinste. »Aber, was Toni angeht. Er wirkt einfach nicht wie jemand, der – na ja – abends gern auf der Couch sitzt und bei Kakao und Keksen Filme mit dir anschaut.«

»Ich habe doch überhaupt nicht gesagt, dass ich mit Toni auf der Couch Filme angucken möchte!«

»Stimmt, aber Du hast diesen speziellen Blick, wenn Du über ihn sprichst.«

»Ich weiß nicht, wovon Du redest.«

»Schon klar.«

»Angenommen, ich würde – natürlich rein hypothetisch – tatsächlich auf ihn stehen ...«

»Rein hypothetisch«, wiederholte sie gedehnt. »Dann bin ich die Letzte, die was dagegen sagen würde, das weißt du.« Sie legte ihren Arm um mich. »Es sei denn er geht wirklich mit diesem Flittchen nach Hause, dann hat er auf ewig verschissen.«

»Danke, Mama.«

Sie zwinkerte mir zu. »Komm, wir gehen wieder rein und gucken, was Tonis Kellnerin treibt.«

Im Gastraum sah ich mich nach ihm um.

»Toni ist gerade eben weg«, sagte Mom lallend. »Er hat irgendwas von randalierenden Jugendlichen gesagt, aber ich hab's nicht genau verstanden.« Sie kicherte. Sie hatte eindeutig zu viel Wein »probiert«. Sei's ihr gegönnt, sie ist voll mit Glückshormonen wegen der bevorstehenden Hochzeit.

José streichelte Mom liebevoll über den Kopf, als sie ihr Gesicht in seiner Brust vergrub. Ich sah Jess an. »Lassen wir die beiden allein?« Zum Abschied hob ich die Hand und José nickte mir zu. Die beiden waren wirklich süß.

Donnerstag, 2. August, 9:30 Uhr – in der Küche

Ich könnte diesen Kerl gerade wirklich umbringen. Von wegen »Notfall«. Höchstens ein Fall von akuter Notgeilheit. Ich bin fast rückwärts umgekippt, als ich die Kellnerin von gestern an unserem Frühstückstisch sitzen sah. Sie hatte MEINE Kaffeetasse in der Hand. Gut, ich benutze sie selbst erst seit wenigen Tagen, aber es ist trotzdem MEINE.

Toni steht auf der anderen Seite der Theke und unterhält sich mit ihr.

»Guten Morgen!« Ich schrie beinahe, um die beiden aus ihrer tollen lustigen Unterhaltung zu bringen.

Toni schenkt mir das süßeste Unschuldslächeln der Welt. »Guten Morgen.« Er schien sich keiner Schuld bewusst. »Du kennst doch noch Antonia?«

Ich schnaubte. »Oh wie toll, Antonio und Antonia. Na, wenn das Mal nicht passt.«

»Kannst Du mir mal verraten, was ich dir eigentlich getan habe?« Er sah sauer aus.

»Ich kann es einfach nicht ausstehen, wenn man jede Nacht eine andere mit nach Hause bringt!«

»Ach, Du kennst mich ja so gut!«

Antonia sah von mir zu Toni. Sie schien die Welt nicht mehr zu verstehen. Fragend zog sie ihn am Arm.

»Toni ist ein schlechter Mensch«, kam ich ihm zuvor. »Er hat ständig irgendwelche Frauen.«

Sie sah wieder verwirrt von mir zu Toni. »Mejor que me voy.« Sie stand auf, nahm ihre Tasche und verschwand, ohne sich noch einmal umzudrehen.

»Kannst Du mir mal verraten, was das sollte?!«

»Ich kann doch nicht einfach mit ansehen, wie du das arme Mädchen verarscht!«

»ICH HABE SIE NICHT VERARSCHT«, schrie er, »Die Absichten des »armen Mädchens« waren wohl mehr als eindeutig! Außerdem geht es dich überhaupt nichts an, mit wem ich was mache und mit wem nicht.«

»Doch das tut es!« Meine Stimme überschlug sich fast, so sauer war ich.

»Ach, und wieso?«

»Weil ... Na ja ... Wir jetzt eine Familie sind. Und in einer Familie passt man aufeinander auf. Und sorgt dafür, dass sich niemand zu einem Arschloch entwickelt.«

Er kniff die Augen zusammen und stieß hörbar Luft aus. »Du machst mich echt irre!«

Ohne es zu merken, waren wir uns immer näher gekommen. Ich muss gestehen, dass mich seine Nähe und das Knistern in der Luft ganz nervös machten.

»Ehm, was geht denn bei euch ab?« Mom lehnte entgeistert am Türrahmen. Tiefe Augenringe zierten ihr Gesicht und erzählten von der vergangenen, durchgezechten Nacht.

Toni warf mir einen letzten feindseligen Blick zu und schob sich dann an Mom vorbei aus dem Zimmer.

»Gar nichts«, zischte ich und stürmte ebenfalls aus dem Raum.

Sie drehte sich verwirrt nach mir um, doch ich war schon die Treppe hoch verschwunden.

Donnerstag, 2. August, 13 Uhr - am Esstisch

Kärtchen falten. Das verstand Mom unter Strafe. Oder wie sie es nannte »Konfliktbewältigung«.

Sie zwang mich und Toni, uns einander gegenüber an den Esstisch zu setzen. Dann hat sie uns eingeschlossen. Ja wirklich, alle Türen sind verriegelt und wir müssen hier sitzen und Tischkärtchen und Papierschwäne falten. Was bei Toni ehrlich ziemlich lustig aussieht.

Der finster dreinblickende, muskulöse Polizeibeamte faltet kleine, rosa Papierschwänchen.

Ich musste unwillkürlich lachen.

»Was?« Er funkelte mich an.

»Nichts«, prustete ich. »Es ist nur, Du siehst einfach total bescheuert aus.«

Er sah an sich runter und musste selbst lachen. »Das kann deine Mutter gar nicht wieder gut machen.«

Ich senkte den Blick. »Toni, wegen heute Morgen ...«

»Schon gut. Sie war eh ziemlich beschränkt.«

Wir lachten.

»Aber mal ehrlich«, sagte er schließlich, »diese Familien Sache war doch Schwachsinn. Sag doch einfach, wenn Du scharf auf mich bist.«

Ich merkte, wie ich rot anlief. Was bildete er sich eigentlich ein? Das Blut rauschte in meinen Ohren. »Ich, eh ...«

Er grinste selbstgefällig. »Na, hab ich's mir doch gedacht.«

»Leck mich, Du Idiot!«

»Gleich hier?« Seine Hand griff nach meiner.

Oh Gott. Ich versinke gleich vor Scham im Boden. Er ist kein Stück nett. Warum finde ich ihn trotzdem so verdammt anziehend? Ich könnte mich selbst verfluchen. Am liebsten hätte ich ihn sofort zu mir ran gezogen und ...

»Kleiner Scherz«, sagte er, »wir sind ja schließlich eine Familie.« Er zwinkerte mir zu.

»Du bist echt ein Arsch.«

»Das finde ich jetzt aber gar nicht nett. Darf ich dich dran erinnern, dass ich eine Waffe habe?«

»Schieß doch! Lieber wäre ich tot, als mit dir noch eine weitere Minute in diesem Raum gefangen.«

Gespielt beleidigt wandte er sich von mir ab. »Das hat mich hart getroffen. Entschuldige Dich!«

»Hier Du Spinner.« Ich schob ihm weitere rosa Papierchen zu. »Falt lieber noch ein paar Schwäne.«

»Weißt Du«, er nahm ein Papier vom Stapel und machte sich ans Falten, »manchmal bist Du eigentlich ganz in Ordnung.«

»Gleichfalls«, lachte ich. Seine Worte kribbelten in meinem Bauch. »Sag mal, wie kommt es eigentlich, dass Du so gut Deutsch sprichst?«

Er holte tief Luft, bevor er sprach. »Meine Mutter war Deutsche. Als ich 12 war, ist sie zurück in ihre Heimat gezogen, hat es hier nicht mehr ausgehalten. Sie hat es mir nie gesagt, wieso.« Ich merkte, dass er nicht gern darüber sprach. »Ein zwei Mal hab ich sie besucht, dann hat sie den Kontakt abgebrochen. Keine Ahnung, was aus ihr geworden ist.« Er starrte nachdenklich aus dem Fenster.

»Immerhin kennst Du deine Mutter persönlich. Ich bin meinem Vater noch nie begegnet. Ich kenne nicht einmal seinen Namen.«

Er lächelte und legte seine Hand auf meinen Arm. Seine Finger strichen sanft über meine Haut. Wir sahen uns in die Augen – und ich zerfloss innerlich zu einer Pfütze aus Glück und Verlangen. Wie stellte er es nur an, mich mit einer einzigen Berührung so aus der Fassung zu bringen?

Ich schaffte es, mich von seinen Augen zu lösen und zog meinen Arm zurück. »Ehm ...« ich lachte nervös.

Toni wechselte beiläufig das Thema. »Wie sieht es eigentlich mit heute Abend aus? Wolltest Du nicht mit deiner Freundin die Diskos ausprobieren?«

Ich nickte. »Und was hast Du vor? Mädchen aufreißen?«

»Jetzt fängst du schon wieder damit an! Sei lieber vorsichtig, dass DU nicht in meinem Bett landest.«

»Ach, stehst Du etwa auf mich?«

Er grinste. »Da ich in deinen Augen ja ein frauenverachtendes Arschloch bin, werden wir das wohl nie herausfinden.« Moment mal, das hört sich ja fast so an, als...

Donnerstag, 2. August, 16 Uhr – in Jess Zimmer alias Konferenzraum

»Das hat er wirklich gesagt?« Sie schaute mich mit großen Reh Augen an.

Sie hatte mich so lange bearbeitet, bis ich mich bereiterklärte, ihr den interessanten Moment zwischen Toni und mir bis ins kleinste Detail zu beschreiben.

»Hach, wie romantisch.«

»Also unter Romantik verstehe ich was anderes. Wir haben uns gegenübergesessen und einander dumme Bemerkungen an den Kopf geworfen, während wir rosa Schwäne gefaltet haben!!!«

»Ja, aber was ist mit diesem Knistern, das du gespürt hast?«

Ich zuckte die Schultern.

»Gott Jenna! Muss man dir erst eine blinkende Werbetafel vor den Kopf knallen, bis du es merkst? Ich sag dir, was wir machen: Wir werden heute Abend AUF KEINEN FALL zu zweit weggehen. Los! Geh Toni fragen, ob er mitkommt. Wenn Du's nicht tust, mach ich es. Aber glaub mir, das solltest Du dir nicht wünschen.«

Wenn Sie so enthusiastisch war, hatte es sowieso keinen Sinn sich ihr in den Weg zu stellen. Also bin ich runter gegangen und habe Toni gefragt. Zu meiner Überraschung sagte er sofort ja. Er schien sogar ziemlich begeistert von der Idee. »Dann kann ich ein Auge auf dich haben«, lachte er. »Nicht, dass du noch irgendeinen Typen mit nach Hause bringst.«

Sehr witzig. Als würde sich irgendein Typ für mich interessieren. Wenn Jess und ich unterwegs waren, war sie immer diejenige, auf der die Blicke hefteten. Sie wusste einfach, wie sie sich bewegen musste, um Aufmerksamkeit zu erregen. Wenn sie ein paar Mal ihre lange braune Mähne schüttelt, liegen ihr die Männer nur so zu Füßen. Das hat mich nie gestört, ich hatte schließlich immer Philip. Doch das war jetzt anders.

Den restlichen Nachmittag verbrachten Jess und ich im Pool. Der war mit seinen dreißig Grad zwar nicht gerade eine Abkühlung, aber immerhin schwitzte man nicht mehr.

Um halb sechs ließ sich Mom auch endlich wieder sehen. Nachdem sie ihren Rausch weiter ausgeschlafen hatte, war sie noch einmal beim Floristen gewesen. Nur um zu erfahren, dass er ihren Auftrag vergessen hatte; dementsprechend gestresst war sie.

Jess und ich beschlossen daher, uns bedeckt zu halten. Wir trockneten uns ab und verschwanden oben in meinem Zimmer.

»Also Jess, wie sieht dein Plan aus? Ich bin mir sicher, dass du einen hast.«

»Tja, du kennst mich einfach zu gut. Also:« Sie beugte sich verschwörerisch zu mir rüber. »Während Du dich mit Toni und den rosa Schwänen vergnügt hast, habe ich den Ort etwas erkundet. Dabei habe ich jemanden kennen gelernt. Rate, wer gerade aus dem Yachtclub kam, als ich daran vorbei lief.«

»Keine Ahnung, Dieter Bohlen? Nun sag schon!«

Sie senkte die Stimme. »Der Schauspieler Marcus Gall!«

»Noch nie von dem gehört.«

»Ich auch nicht! Aber darum geht es auch gar nicht.«

Ich sah sie fragend an.

»Er sieht gut aus!«

»Ja, und?« Ich verstand nicht, worauf sie hinaus wollte.

»Wir kamen ins Gespräch – Oke, er hat mich angemacht – aber er hat sich bereit erklärt, heute Abend dein Date zu spielen.«

»NEIN!«

»Ach komm schon, es ist doch nur, um Toni ein bisschen aus der Reserve zu locken. Wenn er sieht, dass es noch andere Männer gibt, die sich für dich interessieren, legt er sich bestimmt mehr ins Zeug.«

»Du bist furchtbar!«, stöhnte ich.

»Furchtbar hübsch oder furchtbar genial?«

»Furchtbar bescheuert!«

»Es wird funktionieren, vertrau mir.«

Resignierend sank ich zusammen. »Tja, was bleibt mir schon anderes übrig.«

Donnerstag, 2. August, 22 Uhr - Partymeile

Ich brach weinend in Jess Armen zusammen. Dabei hatte der Abend so gut angefangen...

Doch zurück auf Anfang.

Da waren wir also, Jess, Toni und ich. Unauffällig auf der Suche nach Marcus Gall, dem Schauspieler. Das muss ich dazu sagen, weil wir immer noch keine Ahnung haben, wo er eigentlich mitgespielt haben soll.

Jess hatte sich bei mir eingehakt und wir schlenderten den Boulevard entlang, bis wir schließlich vor einem Club stehen blieben, der den bedeutungsschweren Namen »X« trug.

Drinnen schien es ordentlich abzugehen, wir spürten die Vibrationen der Bässe bis nach draußen.

Wir tauschten einen kurzen Blick aus und stürzten uns dann in die Menge.

Überall tanzten die Menschen ausgelassen; die Nacht begann vielversprechend. Toni kam mir beim Tanzen gefährlich nah, unsere Körper berührten sich. »Ich hol uns mal was zu trinken«, schrie er gegen die Musik an.

Als er sich umdrehte, deutete Jess wild gestikulierend auf einen gut aussehenden blonden Mann, der an der Bar lehnte. Sie winkte ihm überschwänglich und er setzte sich in Bewegung.

»Hi Jenna«, schrie Marcus Gall, »ich bin heute Abend dein Date.« Er nahm meine Hand und führte mich zur Mitte der Tanzfläche.

»Danke, dass Du mitspielst«, schrie ich zurück.

»Bei einem so charmanten Fake Date kann man doch gar nicht Nein sagen.« Marcus presste sich eng an mich und sah mir tief in die Augen. Dann legte er seine Hand auf meinen Hintern und drückte zu.

Aber hallo! Der nahm seine Rolle wohl ganz schön ernst. In diesem Moment riss uns jemand auseinander. Es war Toni.

»Was fällt dir ein sie anzufassen, Du Schmierlappen?!« Er wollte ihm gerade eine verpassen, als ich Toni am Arm zog. »Toni, lass gut sein. Ist doch nichts passiert.«

Er sah richtig wütend aus. Seine Augen zu Schlitzen verengt, die Nasenlöcher geweitet. »Wenn er dich nochmal anfasst ...«

Marcus schien unbeeindruckt von Tonis aufbrausendem Auftritt. Ob er wohl öfter vor wütenden Ehemännern flüchten muss?

»Tut mir leid.« Ich bemühte mich, es ihm ins Ohr zu flüstern.

»Kein Problem. Das ist das Risiko, wenn man sich an jungen hübschen Damen vergreift.« Auch wenn er wirklich ziemlich schmierig war, seine Komplimente schmeichelten mir.

Toni ließ uns nicht aus den Augen.

»Ich glaube, er mag dich.«

Ich sah ihn glücklich an. »Meinst Du wirklich?«

»Ja. Aber heute Abend gehörst Du mir.« Er grinste. Jess gesellte sich zu uns und wir bewegten uns zum Beat der Musik, bis keiner von uns mehr stehen konnte.

»Lasst uns raus gehen«, schrie ich.

Auch Toni löste sich von der Bar und folgte uns. Er schien sich wieder eingekriegt zu haben.

Die schwüle Nachtluft knallte uns entgegen. Es war sternenklar, noch immer warm und wir alle völlig durchgeschwitzt. Und vielleicht auch ein bisschen betrunken.

»Wer hat Lust, schwimmen zu gehen?« Toni deutete auf den vor uns liegenden Strand.

»Ich hab da eine bessere Idee.« Marcus sah Toni überlegen an. »Wir können auch mit meiner Yacht rausfahren, die liegt gleich da hinten.«

»Du hast ein Boot?« Jess und ich sahen uns aufgeregt an, Toni schnaubte verächtlich.

Wir folgten Marcus bis zum Hafen. Er schloss das Tor zum langen Bootssteg auf und bedeutete uns, einzutreten.

Wir gingen fast bis zum Ende. Vorbei an pompösen Yachten, die schon halbe Kreuzfahrtschiffe waren. An einer der größeren Varianten hielt Marcus an. »Das ist es. Klein aber fein.« Er lachte, hinsichtlich seiner offensichtlichen Untertreibung.

»Also, wenn ihr auf das Boot steigt, bin ich weg.«

»Jetzt sei doch nicht so zickig, Toni.« Jess boxte seinen Arm.

»Ich meins ernst. Wer so was nötig hat, um sich toll zu fühlen, ist entweder voller Komplexe oder hat einfach nur einen kleinen Penis. Oder vielleicht beides, hm, Marcus?«

Marcus Grinsen wurde bloß noch selbstgefälliger. »Ihr könnt euch ja gern selbst von der Größe überzeugen. Der des Bootes, natürlich.«

»Ja, viel Spaß dabei. Ich gehe. Was ist mit dir, Jenna?« Er sah mich drängend an und hielt mir seine Hand hin.

»Na ja ... Ich wollte schon immer mal eine Kreuzfahrt machen«, sagte ich kleinlaut.

Er warf mir den tödlichsten Du-bist-für-mich-gestorben Blick zu, den ich je gesehen habe. So war das eigentlich nicht geplant.

Aber: Ich wollte schon immer mal eine Kreuzfahrt machen! Und wann bekommt man schon mal die Chance kostenlos etwas Ähnliches zu erleben?

Trotzdem sah ich ihm schuldbewusst hinterher, als er das Tor am Ende des Stegs zuknallte.

»Upps. Da ist aber jemand eifersüchtig.« Marcus schien sichtlich erfreut.

»Ich sollte ihm nachgehen.«

»Nein solltest Du nicht!« Jess sah mich streng an. »Es ist doch genau so gelaufen, wie wir es uns vorgestellt haben.«

»Also ich hab mir das nicht so vorgestellt.«

»Jetzt stell dich nicht so an. Es hat doch funktioniert, oder nicht?«

Da hatte sie Recht. Was sprach also dagegen, den Abend bei einem Glas Champagner auf Marcus Yacht ausklingen zu lassen?

Wir bestiegen also die hell erleuchtete Yacht und ließen uns auf den schicken weißen Sesseln nieder. Marcus brachte uns Gläser und ließ den Korken der Champagnerflasche knallen.

»Prost Mädels, auf einen schönen Abend.«

Wir ließen die Gläser klirren.

»Können wir denn jetzt raus fahren?«, fragt Jess schließlich.

»Zu meinem Bedauern, nein. Ich selbst habe keinen Bootsführerschein. Für Spritztouren habe ich Personal.«

»Aber Du hast doch eben gesagt ...«

»Ja, um euch aufs Boot zu bekommen. Der Zweck heiligt doch bekanntermaßen die Mittel.« Seine Blicke waren mir unangenehm.

Marcus setzte sich neben mich und legte seinen Arm um meine Schulter. »Du solltest dich nicht an ungehobelten Typen wie diesen Toni verschwenden.«

Es gefiel mir gar nicht, wie er über ihn redete. Er hatte nur versucht, mich zu verteidigen. Er konnte ja nicht wissen, dass alles gestellt war.

Doch das, was dann passierte war keineswegs geplant gewesen: Marcus Gall zog mich zu sich ran und presste seine großen, feuchten Lippen auf meine.

Ich konnte gar nicht reagieren, so geschockt war ich. Aber Jess konnte. Gekonnt verpasste sie ihm einen Schlag auf den Kopf, der gesessen hatte.

Erst Stanley, und dann Marcus, was war bitte mit den Männern los? Dachten die, bloß weil sie über ein bisschen Einfluss verfügten, dass sie sich alles erlauben konnten?

»Oh komm schon, ich dachte es springt was für mich dabei raus!«, schrie er uns nach, während wir so schnell wie möglich rannten; die Schuhe in der Hand. Weg von der Yacht und dem Bootssteg, vorbei am »X« und fröhlich feiernden Menschen.

Vielleicht lag es am Alkohol, aber wir konnten nicht mehr aufhören zu lachen. Völlig erschöpft ließen wir uns an eine Hauswand sinken.

»Oh man Jess, noch mehr Abenteuer vertrage ich nicht. Kann ich nicht einfach ein ruhiges Leben führen?«

»Das wäre doch auch langweilig«, kicherte sie schwer atmend.

Wir sahen uns an und prusteten erneut los.

Einige Passanten drehten sich nach uns um und tuschelten.

»Was ist?«, rief Jess, »Noch nie zwei obdachlose Mädchen gesehen?«

»Eine Spende kann ich euch nicht anbieten«, sagte eine wohlig vertraut klingende Stimme. »Aber dafür ein Taxi und ein Dach über dem Kopf.« Grinsend streckte Toni uns seine Hand entgegen.

»Oh Gott Toni! Du bist unsere Rettung.«

»Immer wieder gerne. Was ist denn passiert, dass ihr nicht mit Marcus Geil auf der Yacht geblieben seid?«

»Frag nicht«, raunte ich genervt. »Reden wir lieber über dein Talent, genau im richtigen Moment aufzutauchen.«

»Ach ...« er druckste rum. »Das ist gar kein so besonderes Talent. Ich war eigentlich nie weit weg. Ihr habt doch nicht echt geglaubt, dass ich euch mit dem Typen allein lasse?«

Ich lächelte ihn dankbar an. »Mal ne Frage ... Was hättest Du mit ihm gemacht, wenn er mich nochmal bedrängt hätte?«

»Ihn abgeknallt. Wieso, hat er?« Sein Gesicht verzog sich.

»Nein, nein. Ich frage bloß so aus Interesse.«

Was wirklich auf dem Boot passiert ist, davon musste er nichts erfahren. Ich glaube nämlich tatsächlich, dass er Marcus ohne zu Zögern eine Kugel verpassen würde.

Plötzlich schrie eine Frauenstimme: »Toniii!« Ein Mädchen kam um die Ecke gelaufen, blond, schlank und angetrunken. »Da bist du ja!«, lallte sie, und schlang ihre Arme um seinen Körper. »Du hast gesagt,

Du würdest gleich wiederkommen!« Sie zog einen Schmollmund.

»Von wegen, du hattest uns im Auge«, fuhr ich ihn an. »Komm Jess, wir laufen lieber!« Ich zog sie am Arm mit mir. »Du bist echt nur schwanzgesteuert«, schrie ich. »Jetzt machst Du dich auch noch an Touristen ran!«

»Ach ja? Wer von uns lässt sich denn von irgendwelchen Schnöseln an den Arsch grapschen?!«

Die Leute auf der Straße bleiben stehen und verfolgten belustig unseren Schlagabtausch.

»Oh klasse, das ist wirklich reif von Dir.«

»Weißt Du, was noch reif ist?« Er zeigte mir den Finger und zog seine glucksende Errungenschaft mit sich.

Ich brach weinend in Jess Armen zusammen. Dabei hatte der Abend doch so gut angefangen...

Freitag, 3. August, 11 Uhr - in der Boutique »Costede«

Heute Morgen sollten Jess und ich uns Kleider für die Hochzeit aussuchen. Mom hatte uns gleich nach dem Frühstück ins Auto gesetzte und war mit uns in die Edelboutique »Costede« gefahren. Obwohl ich ihr tausendmal vergeblich versucht habe zu versichern, dass ein Kleid für 20 Euro von New Yorker locker ausreicht.

Ich hab dann aber doch nachgegeben; eine Braut soll man nicht stressen.

Wir stehen jetzt also hier und fühlen uns zwischen den ganzen schicken Menschen ziemlich fehl am Platz.

Die Angestellten trugen ein Kleid nach dem anderen heran. Ich wollte gar nicht wissen, was eines davon kostet. Ehrlicherweise muss ich aber sagen, dass es schon irgendwie ein cooles Gefühl war.

»Hast Du Toni heute Morgen gesehen?«, fragte Jess, während ihr ein Maßband um die Taille gelegt wurde.

»Nein.« Ich kämpfte gerade mit einem Albtraum aus Tüll und Spitze. »Wahrscheinlich war er heute Morgen noch mit anderen Dingen beschäftigt.«

»Na ja, aber immerhin kam er gestern Abend gleich angerannt, als er uns gesehen hat.«

»Ja, und dann ist er mit der Tussi weggegangen.«

»Aber doch nur, weil Du dich aufgeführt hast, wie eine aufgescheuchte Furie.« Sie nahm ein grünes Kleid entgegen und versuchte sich rein zu zwängen.

Ich probierte mich an einem blauen Satinteil. »Ich finde einfach, dass er nicht auf der einen Seite auf lieb tun und dann irgendwelche Frauen abschleppen kann.«

»Vielleicht hat er einfach keine Lust, sich zu binden. Ist doch sein gutes Recht.«

»Dann soll er aufhören, mich ständig so anzusehen!«

»Du brauchst MICH nicht anzumachen, bloß weil Toni nicht das Unschuldslamm ist, das du in ihm gern sehen würdest.«

Ich tauschte das Tüllkleid gegen ein enges, in holunderfarben. »Ich werd aus ihm einfach nicht schlau.«

Wir sahen einander an.

»Schönes Kleid.«

»Gleichfalls«, sagte Jess ausdruckslos.

»Gott, wir sehen lächerlich aus.«

»Und wie. Nehmen wir es selbst in die Hand?«

Ich nickte.

Wir stiefelten wir in den grausamen, teuren Designerkleidern durch den Laden.

Die Verkäuferinnen sahen uns entsetzt an. Ich habe das Gefühl, dass wir in letzter Zeit beängstigend oft die Blicke auf uns zogen. Egal. Nach nervenaufreibender Suche fanden wir endlich DAS Kleid. Fliederfarben, locker, luftig und knielang.

Mom war mit unserer Auswahl ebenfalls zufrieden, was schließlich die Hauptsache war.

Also: Nichts wie raus hier!

Freitag, 3. August, 15 Uhr - Zuhause

Du kommst auf mich zu
und öffnest leicht den Mund.
Willst mir wohl was sagen,
still such ich nach dem Grund.

Dann nimmst Du nur wortlos,
lächelnd meine Hand
und drückst mich darauf sanft
gegen eine Wand.

Schaust mir in die Augen,
und bleibst einfach so stehen.
Oh, wie sehr wünschte ich,
Du würdest nie mehr gehen.

...

Als ich gerade in meinem Zimmer verschwinden wollte, öffnete sich Tonis Tür.

»Hey.«

»Hey«, erwiderte ich betont kühl.

Er legte nervös seine Hand in den Nacken. »Habt ihr was Passendes gefunden?« Sein Ton klang versöhnlich.

Ich war verwirrt. Wollte er sich etwa entschuldigen? Ich hob die Tüten hoch. »Sieht ganz so aus.«

Er kam auf mich zu, mit jedem Schritt bohrte sich sein Blick tiefer in meine Seele. Wenige Zentimeter von mir entfernt blieb er stehen. Sein Gesicht war meinem unerträglich nah. Ich würde dieses Spiel nicht mehr lange aushalten. Vorher zerfließe ich zu einem undefinierbaren Klumpen.

»Ich glaube, da steht was zwischen uns.«

Ich schluckte. Das Gefühl hatte ich allerdings gar nicht. Zwischen unseren Körpern hätte nicht mal mehr eine Hand gepasst.

»Ehm, oke.« Ich wollte so schnell wie möglich aus dieser gefährlichen Situation raus. Es wäre zumindest das Vernünftigste gewesen.

Er biss sich auf die Lippe. »Hast Du heute Abend schon was vor? Also ihr beide natürlich.«

Ja, wollte ich sagen. Doch seine Nähe machte mich nervös und nahm mir jegliche Fähigkeit, klar zu denken.

»Nein.« Mehr brachte ich nicht raus.

Er lächelte. »Dann unternehmen wir nach dem Essen noch eine kleine Spritztour.«

Wie automatisch nickte ich und schaffte es, mich seinem Bann zu entziehen. Ich verschwand in meinem Zimmer und schloss schnell die Tür, bevor er noch auf die Idee kam, mich ins Schlafzimmer zu begleiten.

Freitag, 3. August, 18 Uhr - auf der Terrasse

Ich habe extra das Kleid angezogen, in dem meine Problemzonen am besten kaschiert werden. Ich glaube, das funktioniert auch ganz gut, Toni schaut die ganze Zeit zu mir rüber. Er hat sich richtig rausgeputzt. Mit allem Drum und Dran. Ob er das wohl nur für mich gemacht hat? Er hat Gel in den verwuschelten Haaren und Parfüm aufgelegt! Ich rieche es bis zum anderen Ende des Tisches, wo ich sitze. Und das ist weit. Weil der Tisch, wie ich ja schon erwähnt habe, echt riesig ist. Unter dem schwarzen Hemd, das er offen trägt, hat er ein ebenso dunkles, eng anliegendes T-Shirt.

»Können wir los«, fragte Toni schließlich.

Ich nickte und sah fragend in Richtung Jess.

»Oh, fahrt ihr ruhig ohne mich. Ich fühle mich nicht besonders. Sie verzog theatralisch das Gesicht.«

»Was soll das werden«, zischte ich ihr ins Ohr.

»Du kannst mir später danken.« Sie schob sich schnell noch einen Löffel Reis in den Mund.

Mir schossen eine Million Gedanken durch den Kopf. Doch einer war omnipräsent und versetzte den süßen Träumen einen bitteren Beigeschmack: was, wenn er irgendwas bei mir versuchen sollte?

Er glaubt doch wohl nicht, dass ich so leicht zu haben bin, wie seine anderen dummen Bettgeschichten.

Er darf mich nur nicht wieder so ansehen wir gerade im Flur.

»Viel Spaß wünsche ich.« Jess grinste vielsagend.

»Ich hab nicht das vor, was DU denkst!«

»Schon klar.« Sie zwinkerte mir zu. »Du vielleicht nicht, aber Toni mit Sicherheit.«

»Wieso meinst Du?« Ich wurde langsam aber sicher nervös.

»Vielleicht hat er auch hinterher noch ein Date.« Sie kicherte.

»Ach halt doch die Klappe.«

Freitag, 3. August, 20 Uhr –
in der Garage

Und jetzt stehst Du auf einmal vor mir
und schaust mich lächelnd an.
Bist so wunderschön,
dass ich gar nichts sagen kann.
Du sagst, dass Du mich gern hast,
und das nicht ohne Grund.
Kann grad nicht klar denken,
seh nur deinen Mund.
Lippen sich bewegen,
Hände sich berührn
Wie ein kleiner Stromschlag
ist es, Dich zu spürn.
Ich liebe Deine Stimme,
deine Augen, dein Gesicht.
Doch am meisten liebe ich,
wenn Du bei mir bist.
Mir genügt schon deine Nähe,
drum lass mich bei dir sein.
Lass mich in dein Herz,
und schließ mich darin ein.
Und während ich sinniere,
wie ein Leben mit dir wär,
frag ich mich, ob Du wohl merkst,
wie sehr ich dich begehr.

...

Toni hielt mir die Tür seines schwarzen VW Passats auf. Sein Lächeln ließ jegliches ungute Gefühl einfach so dahinschmelzen.

Schweigend fuhren wir über die Insel. Die untergehende Sonne hüllte die Landschaft in ein märchenhaftes, orangefarbenes Licht.

Es gab keinen Ort, an dem ich gerade lieber gewesen wäre. Toni wandte seinen Blick nicht von der Straße. Fast schien es, als wäre auch er nervös. Aber das konnte ich mir eigentlich nicht vorstellen. Schließlich war es für ihn doch an der Tagesordnung, mit einem Mädchen in den Sonnenuntergang zu fahren.

»Wo fahren wir eigentlich hin?«, brach ich das Schweigen.

»Lass Dich überraschen.« Endlich sah er mich an. Seine Augen leuchteten. »Das steht dir übrigens gut, das Kleid.«

»Danke. Du siehst auch ziemlich gut aus. Ehm, also dein Shirt.«

Er grinste. »Soll ich uns mal Musik anmachen?«

Er schaltete das Radio an. »Looking for Paradise« von Alicia Keys und Alejandro Sanz. Selbst die Musik schien sich meiner Gefühlslage angepasst zu haben.

»Das hast Du doch extra gemacht!«, neckte ich ihn.

»Was meinst Du?«

»Du wusstest, dass ich auf dieses Lied stehe.«

»Nein, aber ich weiß, dass Du auf was anderes stehst.« Er verzog den Mund zu einem verschmitzten Grinsen.

Meine Augen weiteten sich. SO schnell hatte ich nicht mit eindeutigen Kommentaren gerechnet.

»Nicht, was du denkst«, lachte er. »Ich hab gehört, dass Du Dich auf deinem Abiball selbst in Brand gesetzt hast?«

Ich sah peinlich berührt zu Boden. »Woher hast Du das denn?«

»Quellen werden nicht verraten.« Er zwinkerte mir zu. Jess! Diese miese Verräterin.

»Jedenfalls wollte ich sichergehen, dass Du mich auf der Hochzeit nächste Woche nicht völlig blamierst, und habe uns für heute Abend einen Tanzkurs organisiert.«

»Na klar, wegen mir. Ich wette, Du kannst selbst nicht tanzen.«

Statt einer Antwort grinste er bloß selbstsicher vor sich hin.

Wenige Minuten später hielten wir vor einem wenig einladend aussehenden Gebäude.

»Hier?«, fragte ich ungläubig.

»Nicht vom Aussehen täuschen lassen. Du bist doch sonst nicht so oberflächlich.«

»Nein, ICH nicht.«

Er überhörte den Seitenhieb einfach. »Diese hier ist eine der besten Tanzschulen überhaupt. Ich bin mit der Besitzerin schon Ewigkeiten befreundet. Du hast sie schon kennen gelernt.«

»Ach echt?« Mehr brachte ich nicht raus. Ich wusste genau, von wem er sprach. Doch ich hatte keine guten Erinnerungen an dieses Treffen.

»Ja. Du weißt schon. Das Mädchen, das Du sofort als Schlampe abgestempelt hast. Und mich gleich dazu.«

»Oh Toni, ich hab mich doch schon entschuldigt.«

Lachend klopfte er mir auf den Rücken. »Schon gut. Du musst einfach raus mit deinen Gefühlen, das macht dich so sympathisch. Und jetzt komm, man lässt Ana nicht warten, Du wirst schon noch sehen, wieso.«

Freitag, 3. August, 21 Uhr – im Hauptsaal der Tanzschule

Wow. Er hatte nicht zu viel versprochen.

Ana hatte wirklich Ahnung, auch wenn sie ziemlich streng war.

»Haltung bewahren! Die Hand muss höher! Nicht auf die Füße gucken!« Ich glaube zumindest, dass sie das gesagt hat. Mein Spanisch ist noch immer höchst verbesserungsbedürftig.

Aber sie hat stets nur mich angesprochen. Toni machte natürlich keine Fehler. Pah! »JENNA vertrau ihm, er weiß, was er tut! Lass IHN führen!«

Die hat leicht reden. Sie muss schließlich keine Tanzschritte lernen, während Tonis tiefe braune Augen sie durchbohren. Meine Hände sind ganz schwitzig, ich hoffe bloß, dass er das nicht bemerkt.

Endlich erklingen die wohltuenden Worte »Kurze Pause« in meinem Ohr.

Erschöpft ließ ich mich auf eine Bank fallen. Toni setzte sich neben mich. »Na, schon keine Lust mehr?«

»Doch klar, so schnell schafft mich keiner.« Dreiste Lüge. Ich mache eigentlich so gut wie nie Sport. Sogar in der Schule habe ich mich regelmäßig davor gedrückt. Während andere sich darauf freuten, gab es für mich nichts Schlimmeres. Also bin ich mit Jess zur Nachbarschule rüber gegangen und wir haben uns dort Vanillemilch gekauft. Die schmeckte drüben einfach viel besser als bei uns. Und trotzdem: Ich habe immer meine drei oder vier bekommen. Wenn der seltene Fall eintrat, dass ich mich tatsächlich motivieren konnte, zur Sporthalle zu gehen, und sogar davor stehen zu bleiben, bis der Lehrer kam, dann habe ich mir wirklich

Mühe gegeben. Es sollte ja keiner von mir sagen können, ich wäre unsportlich. Nur eben ein bisschen faul. Aber das musste Toni ja nicht wissen.

»Dafür hast Du aber einen ganz schön roten Kopf.« Er grinste breit und setzte seine Wasserflasche an. Na klasse.

»Als ich noch klein war«, fuhr er fort, »hatte ich einen Hund. Tito. Er wollte immer Toben und Rennen, bis er eigentlich schon nicht mehr konnte. Aber er wollte mir gefallen. Am Ende hat er sich immer in den Teich gestürzt und stand dann klatschnass und hechelnd vor mir.«

»Aha. Und warum erzählst Du mir das ... OH warte!«

Er lachte bloß, als ich ihn auf den Arm boxte. »Wie süß. War das schon alles?«

Ich grummelte. Wäre ich mal öfter hingegangen, als wir Boxen durchgenommen haben. Irgendwann rächt sich alles. Aber die Vanillemilch schmeckte einfach zu gut!

»Lach Du nur.« Ich glaube es klang ein Hauch von Beleidigt sein durch. Jedenfalls nahm Toni mich daraufhin in den Arm und streichelte meinen nassen Rücken.

»Ach komm. Du weißt doch, dass ich dich lieb hab.«

»Eigentlich nicht«, rutschte es mir raus.

Er sah mich ernst an. »Na dann ist es ja umso wichtiger, dass ich es dir mal sage. Ich hab dich echt lieb, Jenna.«

Mein Herz setzte einen Schlag aus. Hätte er doch einfach danach aufgehört zu reden.

»So wie Tito.«

»WAS?!«

»Na ja, ihr habt denselben treuen Blick.«

Mein schockierter Gesichtsausdruck schien ihn zu amüsieren.

Noch bevor ich etwas erwidern konnte, rief Ana uns zurück in den Saal. Und man lässt Ana nicht warten.

Etwas verdattert trottete ich neben Toni her. So wie Tito.

Freitag, 3. August, 22 Uhr - im Auto

Und ich habe ernsthaft einen kurzen Augenblick lang gedacht, er hätte etwas übrig für mich, oder er würde mich wenigstens irgendwie attraktiv finden. Stattdessen hat er mich mit seinem Hund verglichen. Viel schlimmer hätte es kaum kommen können. Dachte ich zumindest.

»Was meinst Du, kann Jess noch eine Weile auf uns verzichten?«, fragte Toni.

»Wie ich sie kenne, schläft sie schon.«

Seit sie sich dieses Hormonstäbchen hat einsetzen lassen, ist nach 22 Uhr nicht mehr viel mit ihr los. Oder vielleicht liegt es auch daran, dass sie durch die Beziehung und das Zusammenleben mit Tom zu gemütlich geworden ist. Die beiden sind wie ein altes Ehepaar – nur schwer zu irgendwelchen Unternehmungen zu überreden, es sei denn, es handelt sich um einen Sonntagsbrunch.

Ich frage mich, wann Tom ihr endlich einen Antrag macht, Jess träumt insgeheim schon seit ihrem sechzehnten Geburtstag davon. In jeder noch so toughen Frau steckt ein kleines Mädchen, das von einer Märchenhochzeit träumt. Eigentlich sollte sie Hochzeitsplanerin werden–

Dieser Beruf vereint ihre Lieblingsthemen, Hochzeiten und ins Leben anderer einmischen. Wobei ich sagen muss, dass sie bisher erstaunlich wenig ausgeflippt ist. Schließlich ist die Hochzeit von Mom und José schon in weniger als einer Woche.

Toni hielt in einer kleinen Seitenstraße.

»Wenn Du Lust hast, gehen wir noch was trinken. Hier gibt es einige gemütliche Bars.«

Ich nickte, und folgte ihm zu einem trotz später Stunde sehr belebten Stadtplatz.

Wir kehrten in eine der weniger gefüllten Bars ein, die den Namen *La chufla* trug, was so viel bedeutete wie *Nachtschwärmer*.

Der Mann am Tresen begrüßte Toni gleich mit einem herzlichen »Hola mi amigo. Cómo estás?«

Toni war wirklich überall bekannt. Ob das jetzt gut oder schlecht war, darüber bin ich mir noch nicht sicher. Hier aber schien man ihn zu mögen.

Er stellte mich als »la hija de Sarah« vor und wir nahmen an einem Zweiertisch am Fenster Platz.

»Du lächelst«, stellte er erfreut fest.

»Ich finde es einfach toll, wie freundlich hier alle sind.«

»Das denkst du nur, weil du kein Mallorquín verstehst.« Er sah sich verschwörerisch um und deutete Richtung Tresen. »Mein amigo dahinten hat gerade gesagt, dass Du nach dem Vater kommen musst, Sarah wäre ja so eine Schönheit.«

Ich verschluckte mich fast an meinem Sangria.

Toni sah mich mitleidig an. »Erhalte dir ruhig deinen Glauben ans Gute, ich mag das. Außerdem denke ich ... Dann muss dein Vater auch ein gutaussehender Mann gewesen sein.«

»Wie meinst Du das?«

Statt einer Antwort hielt er mir sein Glas Wein hin und sah mir tief in die Augen. »Salud.«

Hätte er doch wenigstens JETZT endlich aufgehört zu reden...

»Wir sind nun ja quasi verwandt. Es ist mir wichtig, dass wir uns verstehen, da wir bestimmt noch viel Zeit miteinander verbringen werden. Und als großer Bruder habe ich ab jetzt ein Auge auf dich.«

Großer Bruder. Bruder! Nicht genug, dass er mich mit einem HUND vergleicht, was ja noch irgendwie süß ist, er sieht mich als kleine Schwester! Das war's. Hatte ich nach dem Hundevergleich noch ein Fünkchen Hoffnung auf plötzlich aufflammende Leidenschaft zwischen uns, so haben seine letzten Worte jegliches Flämmchen erlöschen lassen.

Er ist eigentlich eh zu alt für mich. Immerhin fast sieben Jahre Altersunterschied, über 1.500 Kilometer und der Umstand, dass er mich scheinbar als komplett asexuelle Person betrachtete.

Ich hatte also offiziell nichts mehr zu verlieren.

Ich weiß nicht wie viele Worte, wie viele Liter Sangria flossen. Irgendwann hatte ich jegliches Zeitgefühl verloren. Der Raum um uns herum leerte sich langsam.

Toni und ich sprachen sehr laut, und ich glaube, dass wir auch ein wenig lallten. Immerhin verstand uns hier niemand. Das konnte ich jedenfalls nur hoffen.

Ich habe keine Ahnung, wie es dazu kam, aber auf einmal fand ich mich in Tonis Armen wieder.

Eigentlich hätten wir nach Anas hartem Unterricht nun alles von Walzer bis Cha-Cha-Cha tanzen können, trotzdem endeten wir in einem sehr engen schmuse Blues.

Mein Kopf lag auf seiner Schulter, seine Arme drückten mich fest an sich. Ich kann nicht mal mit Sicherheit sagen, ob überhaupt Musik lief.

»Toni?« Ich sprach in sein Hemd hinein. Es wurde heiß unter meinem Atem.

»Hm?« Ich spürte die Vibration seiner Stimmbänder.

»Wenn Du doch jetzt mein Bruder bist, warum finde ich dich dann so sexy?«

Ich konnte spüren, dass er lächelte. »Na dafür sind große Brüder doch da. Als Vorbild. Du musst Dir jemanden suchen, der so ist wie ich. Nur werde ich immer besser sein.«

»Na dann nehme ich doch einfach Dich.«

»Ja. Das klingt vernünftig.«

Er legte seine große Hand an mein Kinn und hob meinen Kopf, bis ich ihm in die Augen sehen konnte. Sie waren klar und kamen immer näher.

Samstag, 4. August, 1 Uhr - auf dem Weg nach Hause

Wir saßen schweigend auf der Rückbank des Taxis. Schweigend, weil wir zu sehr damit beschäftigt waren, unsere Lippen aufeinander zu pressen.

Nachdem Toni und ich uns in der Bar geküsst hatten, rief er uns sofort ein Taxi. Selber fahren kam nun wirklich nicht mehr in Frage.

Und da saßen wir also. Seine Hände in meinen Haaren vergraben, meine umklammerten seinen Nacken. Immer wieder berührten sich unsere Lippen. Jede seiner Berührungen hinterließ ein wohliges Gefühl auf meiner Haut und nahm mir jegliche Fähigkeit, klar zu denken.

Das Taxi raste über die dunklen Straßen, während sich mein Herzschlag verdoppelte.

Als wir endlich unsere Einfahrt erreichten, konnten wir uns kaum voneinander lösen.

Toni strich mir sanft die Haare aus meinem Gesicht. »Warte kurz«, hauchte er und drückte mir einen Kuss auf die Lippen.

Das Adrenalin schien jegliche Spuren von Alkohol aus meiner Blutbahn verbannt zu haben. Ich war wieder völlig klar. Und da ich nun wieder Kontrolle über meine Sinne hatte, realisierte ich langsam, was gerade geschah.

Toni stieg aua, gab dem Fahrer sein Geld und machte mir dann die Tür auf.

Er hielt mir seine Hand hin. »Darf ich bitten?«

Arm in Arm gingen wir die gepflasterte Auffahrt entlang, der Mond schien blass auf uns herab.

Ich wusste nicht, was der Abend noch bringen würde, aber ehrlich gesagt wollte ich darüber auch gar nicht nachdenken.

Ich habe gelernt, dass es sich nicht lohnt, Pläne zu machen. Meist kommt sowieso alles anders. Nicht umsonst heißt es: Leben ist das, was passiert während man damit beschäftigt ist andere Pläne zu machen.

Als wir oben ankamen, brannte im Haus noch Licht. Je näher wir kamen, desto deutlicher vernahmen wir ein Wimmern, das aus der Küche zu kommen schien. Es klang sehr nach meiner Mutter.

»Ich gehe kurz nachsehen, was los ist«, sagte ich besorgt.

Toni nickte. »Ich bin in meinem Zimmer. Falls Du noch kommen möchtest ...« er gab mir noch einen schnellen Kuss auf die Stirn und verschwand im ansonsten stockdunklen Treppenhaus.

Ich atmete tief durch und betrat dann die Küche.

Was ich sah, erinnerte mich schmerzlich an längst vergessene Tage.

»Mom?«

Sie kauerte mit einem großen Becher Pudding vor dem Kühlschrank und schaufelte sich einen Löffel nach dem anderen in den Mund. Neben ihr stand eine halb geleerte Flasche Rotwein. Als sie mich sah, liefen ihr einige Tränen über die Wangen. »Jenna! Es ... Das Eis ist alle! Es ist nur noch Pudding da. Ich mag überhaupt keinen Pudding! Aber so wies aussieht gibt es für mich nur noch Pudding. Für den Rest meines Lebens.«

Mit einem gequälten Lächeln ließ ich mich neben sie auf den kalten Fliesenboden sinken. »Ach Mom ...« ich legte einen Arm um sie. »Worum geht es hier wirklich? Du kannst mir nicht erzählen, dass Du wegen eines

Eimers Schokoladenpudding eine halbe Flasche Wein in dich reinschüttest.«

»Zu meiner Verteidigung«, schluchzte sie, »das ist gar nicht alles von heute. Jetzt guck nicht so! Ich habe mich geändert.«

»Na gut, wenn Du das sagst ... Aber jetzt raus mit der Sprache! Was hat das Ganze hier auf sich?«

»Also gut«, seufzte sie. »Ich kann nicht heiraten.« Sie steckte sich einen weiteren Löffel Pudding in den Mund, umfasste ihre Knie mit den Armen und wippte langsam vor und zurück.

»WAS?! Bist Du irre? Es gibt keinen besseren Mann für dich, als José!«

»Mag schon sein«, brummelte sie in ihre Knie hinein, »aber ich weiß nicht, ob ich mich wirklich binden kann. Ich war immer frei und habe meine eigenen Entscheidungen getroffen.«

»Ja, und wie ging es dir damit? Gut?«

Sie schwieg.

»Hör zu Mom. Ich habe oft genug zugesehen, wie Du allein und unglücklich in der Küche gesessen und geweint hast. Das nennst du Freiheit? Wenn du mal ehrlich bist, war das ganz schön einsam. Du hast jetzt die Chance, endlich glücklich zu werden und zur Ruhe zu kommen. Ich kann verstehen, dass Du Angst hast, aber ich werde nicht zulassen, dass Du dir dieses Glück kaputtmachst. Du liebst José, und du wirst ihn nächste Woche heiraten. Und dann lebt ihr glücklich bis ans Ende eurer Tage. Punkt.«

Sie hob den Kopf und lächelte schwach. »Ach meine große, weise Tochter. Wie es aussieht, bist Du immer noch die erwachsenere von uns beiden. Aber du hast Recht. Ich werde ab jetzt versuchen, dir die Mutter zu sein, du mir viel zu oft sein musstest. Ich hab Dich lieb.«

Sie nahm mich fest in den Arm, und ich bemerkte, dass nun auch mir einige Tränen langsam die Wangen runter kullerten.

»Ich dich auch, Mama.«

Sie sah mich ernst an. »Wo kommst Du eigentlich so spät her, mein Kind?«

Ich lachte. »Klingt schon ganz authentisch.«

»Gut. Jetzt mach, dass Du ins Bett kommst, Du musst morgen früh raus.«

Ich drückte ihr einen Kuss auf die Stirn und hastete die Treppe hoch.

Vor Tonis Tür blieb ich schließlich stehen. Ich hob langsam meine Hand und hielt inne.

Ich konnte es nicht tun. Was, wenn ich mich total blamiere. Immerhin habe ich meine Schäfchen-Unterwäsche an. Die ist einfach so superbequem, wenn auch nicht unbedingt sexy. Außerdem bin ich mir nicht sicher, ob wir jetzt zusammen sind, oder Toni das Ganze nur als Spaß ansieht. So eine bin ich nämlich nicht. Ich schlafe nicht mit Männern, mit denen ich nicht zusammen bin. Oke, ich bin bisher auch erst mit einem einzigen intim geworden.

Nein, ich kann das nicht tun. Zuerst müssen die Verhältnisse geklärt sein, bevor ich mich in irgendwas stürze und am Ende mit einem gebrochenen Herzen dasitze. Auch wenn ich wirklich gerne den Körper unter Tonis engem Shirt erkunden würde.

Ich ließ die Hand sinken und ging in mein Zimmer. Jess musste auf meine Erzählung bis morgen warten.

Samstag, 4. August, 11 Uhr – in der Küche

»Guten Morgen.« Toni empfing mich mit einer Tasse Kaffee und einem strahlenden Lächeln auf den Lippen.

»Danke.« Ich hatte Bedenken gehabt, Toni würde den gestrigen Abend irgendwie bereuen. Dass ihm anscheinend doch was an mir lag, ließ mein Herz höher schlagen.

Mom und Jess, die an der Küchentheke saßen, tauschten einen vielsagenden Blick aus. »Haben wir was verpasst?«

»Wieso?« Ich setzte mich zu ihnen und konzentrierte mich ganz auf meinen Kaffee. Nur nicht nach oben gucken. Mein Dauergrinsen würde mich sonst verraten.

»Ihr habt euren Kleinkrieg also beendet«, stellte Mom grinsend fest.

»Hm. Kann man so sagen.«

Wieder sahen die beiden sich an. »Ach wie süß. Jenna ist verlii-ebt«, säuselte Jess.

Ich lief rot an. Ich wollte vor meiner Mutter nicht zugeben, dass ich Gefühle für meinen Stiefbruder entwickelt hatte. »Quatsch! Wir haben uns gestern einfach nur gut verstanden.«

»Hmhm, ist klar.« Ich schien keinen der beiden so recht überzeugt zu haben. »Na sag schon, was passiert ist. Oder muss ich erst Toni danach fragen?« Zum Glück war der schon längst im Wohnzimmer verschwunden.

»NEIN! Ich rede ja schon, ihr miesen Erpresser.« Jess lächelte triumphierend.

»Also«, seufzte ich. »Wir haben erst eine sehr – na ja – lehrreiche Tanzstunde bei Ana mitgemacht und sind danach noch in eine Bar gegangen.«

Zwei Augenpaare blickten mich erwartungsvoll an.

»Und weiter? Das war doch nicht schon alles.« Mom klang wie ein aufgeregtes Schulmädchen.

»Na ja«, fuhr ich fort, »wir haben viel getrunken, geredet, getanzt ...«

»Und?« Zwei Köpfe kamen immer näher.

»Und dann haben wir uns geküsst.«

»Ahh!« Ein ohrenbetäubendes Gekreische brach los. Was waren die beiden nur für kleine Kinder. »Oh mein Gott! Wie war's? Kann er gut küssen?«

»Ehm ja, ich denke schon.« Mehr wollte ich nicht sagen, es bestand schließlich die Gefahr, dass Toni jeden Moment reinschneit.

»Und dann?«, fragte Jess brennend vor Neugierde.

»Dann hast Du mich in der Küche sitzen sehen.« Mom sah mich entschuldigend an.

»Ja.«

»Oh.« Jess wirkte etwas enttäuscht.

»Und dann bin ich ins Bett«, schloss ich.

»Du hättest zu ihm gehen sollen«, sagte Mom ernst.

»Du hättest auf jeden Fall zu ihm gehen sollen!«

»Was? Wieso?«

Weil er jetzt denkt, du siehst ihn nur als Freund.«

»Nur weil ich nicht am ersten Abend mit ihm schlafe?«

»DAS nicht gerade. Aber ihr hättet doch ein bisschen kuscheln können, wenn du verstehst, was ich meine.«

»JESS! Wir haben uns geküsst. Das reicht doch erst mal. Mein Gott bist Du auf Entzug oder was?«

»Das überhör ich jetzt mal.« Sie sah etwas beleidigt aus. »Eben hat er dich aber nicht geküsst.«

Tja, da hatte sie Recht. Er war lieb und zuvorkommend, aber er hatte mich nicht geküsst. Was natürlich noch nichts heißen musste, da Mom und Jess auch im Raum waren, und beide noch nichts von unserer Annäherung gewusst haben.

Oder aber ... Er hat unsere Küsse auf den Alkohol geschoben und denkt, dass ich das genauso sehe, weil ich gestern nicht mehr zu ihm gekommen bin. Oh Mann. Ich hätte wirklich klopfen sollen.

»Und jetzt?«

»Geh hin und küss ihn!«

Als ich gerade protestieren wollte, hörten wir Tonis Stimme aus dem Flur. »Ladys, ich fahre in die Stadt. Wir sehen uns beim Abendessen.« Dann fiel die schwere Holztür ins Schloss und er war fort.

»Und jetzt?«, fragte ich erneut.

Die heutige Veranstaltung führt Mom in ihrem Terminplaner unter »zweites Probeessen«. Ich glaube aber, dass sie einfach nur nach einem Vorwand sucht, um nicht selbst kochen zu müssen. Oke, die Paella letztens war echt lecker–

Aber ansonsten kann José sie unmöglich wegen ihrer Kochkünste heiraten wollen.

Mom und Jess haben fast zwei Stunden an meinen Haaren herumgewerkelt, mich in ein tief ausgeschnittenes Abendkleid und hohe Schuhe gesteckt und mir dezent Make-up aufgetragen. Die schienen mich wirklich unter die Haube bringen zu wollen.

Und nun saßen wir hier am Tisch bei Kerzenschein. Nur einer fehlte.

Ich fixierte unruhig den Eingang. Wo bleibt er nur schon wieder?

Dieselbe aufdringliche Bedienung wie beim letzten Mal warf mir einen schnippischen Blick zu. »Wo ist denn Toni?«, fragte sie auf Spanisch.

»Hier bin ich doch.« Toni war wie aus dem Nichts an unserem Tisch erschienen. Er ignoriert das strahlende Lächeln der Kellnerin völlig, hängte seine Jacke über einen Stuhl und nahm mir gegenüber Platz. »Entschuldigt meine Verspätung.« Sein Blick ruhte auf mir. »Du siehst toll aus.«

Das Leuchten in seinen Augen machte mich ganz nervös.

»Danke«, sagte ich, ohne aufzusehen und doch spürte ich, dass Mom und Jess mich mit diesem typischen Blick ansahen, den Freunde drauf haben, wenn dein Schwarm in der Nähe ist. Grinsend zugepresste Lippen und eingekniffene Augen.

Die Kellnerin nahm gerade griesgrämig unsere Getränkebestellungen entgegen, als José fragte: »Wo bist Du eigentlich so lange gewesen?«

»Na, ich musste doch noch die hier besorgen.« Toni zauberte drei Rosen aus seinem Mantel hervor und überreichte Mom und Jess jeweils eine magentafarbene. Meine aber war tiefrot.

Mir schlug pure Verachtung seitens der Kellnerin entgegen, als sie nach meiner Bestellung fragte: »Y para Tí?«

Betont beiläufig bestellte ich »das Gleiche wie Toni.«

Sie verzog kurz das Gesicht und ließ uns allein.

»Also Toni«, fing Jess an, »wie war denn der Abend mit Jenna so? Sie hat gar nicht viel erzählt.«

Ich lächelte und versetzte ihr unterm Tisch einen Tritt. Hoffentlich war es auch ihr Bein.

Sie verzog keine Miene und sag Toni weiter auffordernd an.

»Ach, wenn es da groß was zu erzählen gäbe, hätte Jenna das sicher schon getan, nicht wahr?« Alle Augen waren auf mich gerichtet.

»Ich, eh ... Ich muss mal schnell zur Toilette.« Ich sprang auf, nahm die weiße Stoffserviette von meinem Schoß und steuerte, ohne mich umzudrehen, auf die Damentoilette zu. Doch noch bevor ich diese erreichte tippte mir jemand auf die Schulter. »Hi«, sagte eine schrecklich vertraute Stimme.

Nein. Das konnte nicht sein. Langsam drehte ich mich um.

»Oh mein Gott.« Meine Augen weiteten sich. Ich zerrte ihn schnell aus der Sichtweite der anderen. »Was machst DU denn hier?!«, zischte ich.

»Ich bin hier, um mich zu entschuldigen. Ich weiß jetzt, dass es ein Fehler war, dich einfach so gehen zu lassen. Ich hätte weiter um dich kämpfen müssen.«

»Was? Nein!«

»Tom hat mir gesagt, wo ihr seid, also sind wir zum Flughafen und gleich hergekommen. Dann hab ich dein Handy geortet und jetzt bin ich hier.«

»Oh.. Du. Hast. Mein. Handy. Geortet. Mir fehlen die Worte.«

»Das macht doch nichts. Lass einfach dein Herz für dich sprechen.« Er nahm meine Hände in seine und sah mich erwartungsvoll an. Wie ein kleiner Hundewelpe.

Mir stand buchstäblich der Mund offen. »Du, das ist grad wirklich ein bisschen zu viel für mich.«

Ich hörte Schritte. »Jenna? Es tut mir leid, dass ich dich in diese Situation gebracht habe, ich wollte nur ... Oh.« Tonis warmer Ausdruck wich einer merkwürdig fremden Leere.

Ich entriss Philip meine Hände. »Ehm Toni, das ist Philip. Philip, Toni ist der Sohn von José.«

»Ah, sehr erfreut. Ich bin Jennas Freund.«

»EX Freund«, warf ich ein.

»Ach, wir wollen uns doch nicht mit Kleinigkeiten aufhalten.« Philip hielt ihm seine Hand hin, aber Toni starrte ihn bloß ausdruckslos an, als wüsste er nicht recht, was er mit der Hand anfangen sollte.

Philip schürzte entgeistert die Lippen. »Okee, das ist peinlich.« Er ließ seine Hand wieder sinken.

»Allerdings.« Toni warf mir einen vernichtenden Blick zu, und machte auf dem Absatz kehrt.

»Was hat der denn?«

»Ach halt die Klappe, Philip!« Ich ließ ihn stehen und schnappte mir Toni, der sich gerade wieder an unseren Tisch setzen wollte. »Toni kann ich dich kurz sprechen?«

»Ich wüsste nicht, worüber.«

»Komm mit. Bitte.«

Seufzend erhob er sich und folgte mir auf den Parkplatz.

»Also?«

»Du hast das völlig falsch verstanden.«

»Nein«, unterbrach er mich, »ich glaube DU hast da was falsch verstanden.« Seine Augen funkelten wütend, aber seine Stimme war völlig kühl. »Du glaubst doch nicht wirklich, dass mir diese Sache gestern Nacht irgendwas bedeutet hat. Ich wollte ein bisschen Spaß haben. Tut mir Leid für Dich, wenn du das anders empfunden hast.«

Bumm. Seine Worte trafen mich mehr als ich zeigen wollte. Mir war zum Heulen zumute, aber ich wollte nicht, dass er mich für ein naives kleines Mädchen hält. Ich hab schließlich vorher gewusst, auf WEN ich mich einlasse.

Ich schluckte, und kniff die Augen zusammen, um nicht sofort anzufangen zu weinen. »Nein, schon klar.«

»Also: Mach mit diesem Philip, was immer Du willst, es interessiert mich nicht. Es ist mir nur wichtig, dass wir cool sind?«

»Ja, sicher.« Meine Stimme zitterte.

»Gut. Ich gehe wieder rein. Kommst Du mit?«

Ich schüttelte den Kopf. »Ich brauche noch einen Moment.« Mein Kopf war leer. Unfähig, etwas zu empfinden starrte ich in die dunkle Weite. Ich konnte nicht glauben, was gerade passiert war. Das alles war also nur eine Masche gewesen, ich habe ihm nie wirklich etwas bedeutet. Er wollte also nur Spaß haben. Was für ein ARSCHLOCH!

Philip hat mich noch nie so behandelt. Klar, er hat auch seine Fehler, aber er hat mir nichts vorgemacht. Außer bei dieser Sache mit Vanessa, wobei man fairerweise sagen muss, dass er es mir gleich gebeichtet hat und nicht mehr als ein Kuss passiert ist. Und ein Kuss hat – nach Toni – ja sowieso keine Bedeutung. Es ist ja irgendwie sogar süß, dass Philip extra hierher kommt, um sich zu entschuldigen. Auch wenn es schon ein bisschen Stalker mäßig ist, mein Handy zu orten. Trotzdem, vielleicht verdient er doch noch eine Chance.

Ich hatte mich mit meinen Gedanken kurze Zeit von dem Drang zu weinen abgelenkt, doch als ich wieder ins Restaurant gehen wollte, merkte ich, wie wacklig meine Beine noch immer waren. Langsam öffnete ich die Tür und wäre fast rückwärts wieder rausgefallen.

Toni lehnte lässig an der Bar und unterhielt sich angeregt mit der Kellnerin. Sie lachte gerade heftig über etwas, das er gesagt hatte, und warf ihre Haare zurück. Lach Du nur. Mit dir will er auch nicht mehr als Spaß haben. Obwohl er den ja schon einmal hatte ... Was für eine männliche Schlampe!

Tapfer schob ich mich durch die fröhlich lärmende Menschenmenge. Nur für eine Sekunde traf mich der triumphierende Blick der Kellnerin und bohrte sich dennoch tief in mein Herz.

An unserem Tisch fand ich zu meiner Überraschung – wobei ich das eigentlich hätte ahnen können – auch Philip vor. Er unterhielt sich wild gestikulierend mit meiner Mom. Auch Tom hatte inzwischen seinen Weg hierher, oder vielmehr in Jessicas Arme, gefunden, und war offensichtlich nicht mehr ansprechbar.

Wortlos setzte ich mich auf meinen Platz.

»Jenna«, Mom sah mich unsicher an. »Du hast uns gar nicht erzählt, dass Philip kommt.«

»Ich wusste es auch nicht«, sagte ich mehr zu mir selber als zu ihr.

»Ich wollte sie überraschen. Jenna und ich hatten in der letzten Zeit einige Schwierigkeiten, aber die sind jetzt aus der Welt. Nicht wahr, mein Schatz?« Er legte seine Hand auf meine.

»Was immer du sagst.« Mir war heute Abend eh alles egal.

Mom lächelte verlegen und sagte mit ruhiger Stimme: »Philip, ich bin dir ja so dankbar, dass Du dich um mein Mädchen gekümmert hast. Wie kann ich das nur jemals wieder gut machen?«

Philip legte seinen Arm um mich und drückte mich an sich. »Ach, das war doch wirklich kein Problem. Ich habe Jenna schließlich gerne um mich.« Sein Mund näherte sich meinem. Ich könnte noch schnell den Kopf wegdrehen– sofern ich das wollte. Warum lasse ich ihn mich nicht einfach küssen? Philip ist fürsorglich, verlässlich und ehrlich. Ich kann doch froh sein, einen Mann zu haben, der mich so sehr liebt.

Seine Lippen fühlten sich ganz anders an, als die von Toni; überhaupt nicht heiß und zart sondern einfach nur wie Haut. Lächelnd wandte er sich wieder meiner Mutter zu. Ich sah still zu, wie sich die Beiden über die vergangenen Jahre austauschten. Obwohl ich ihr Gespräch hörte, drang es nicht zu mir durch. Aus dem Augenwinkel beobachtete ich, wie die Kellnerin ihre Hand auf Tonis Arm legte, und ihm etwas ins Ohr flüsterte. Sie hatte sich wohl entschieden, sich doch nochmal um die Gäste zu kümmern. Toni lächelte. Ich wollte gar nicht wissen, was sie zu ihm gesagt hatte. Er kehrte wieder an unseren Tisch zurück und nahm seinen Platz ein. Dann wandte er sich an Philip. »Unser Treffen eben verlief etwas unglücklich, ich möchte mich dafür entschuldigen. Antoni García.« Toni streckte ihm seine Hand entgegen.

Philip lächelte und fasste fest Tonis Hand. »Philip Neuer.« Die beiden sahen sich in die Augen. Fast hätte man Blitze fliegen sehen können, obwohl beide sich größte Mühe gaben, freundlich zu klingen.

»Tom«, warf Tom ein, ohne sein Gesicht von Jess zu lösen.

Endlich beendeten die beiden ihren viel zu lang dauernden Händedruck. Philip lachte auf. »Einen kurzen Moment lang habe ich ernsthaft gedacht, zwischen Ihnen und Jenna wäre etwas gewesen. Ich dachte, ich hätte das diese Spannung gespürt.« Wieder lachte er, diesmal lauter. »Aber nachdem ich dann gehört habe, was Sie für ein Schwerenöter sind, war meine Sorge verflogen.« Philip drückte mich an sich. »Meine Kleine würde sich nie auf so jemanden einlassen, nicht wahr Süße?«

Ich schluckte. »Ehm ...«

»Nein«, schnitt mir Toni glücklicherweise das Wort ab. »Sie verbringt ihre Zeit lieber auf einer Yacht mit aufgeblasenen Schnöseln wie Ihnen.« Er lächelte und genehmigte sich einen Schluck Wein.

»Tja, sie hat eben Geschmack.«

Ich spürte, wie es in Toni brodelte. Inzwischen hatten sogar Tom und Jess aufgehört zu knutschen und verfolgten gespannt das Wortgefecht.

»Ja, wenn man auf kleine Penisse steht«, knurrte Toni.

»Toni!« Mom sah ihn ermahnend an. Toni zuckte bloß die Schultern.

Wieder lachte Philip auf. »Also auf diesem Niveau brauchen wir uns nicht weiter zu unterhalten.«

»Da gebe ich Ihnen ausnahmsweise Mal Recht. Ich gehe.« Toni schmiss einen Geldschein auf den Tisch und schnappte sich seine Jacke.

»Oh, ich habe bereits angeboten, die Rechnung zu übernehmen«, warf Philip ein.

Toni lächelte überfreundlich. »Ich bestehe darauf.« Dann rauschte er ohne sich umzudrehen aus dem Restaurant.

»Ganz schön unhöflich, wenn Du mich fragst«, sagte Philip und nippte an seinem Wasser.

»Hmhm«, brummte ich und fixierte wie in Trance die Eingangstür, als könnte ich sie dadurch dazu bewegen, Toni zurückzuholen. Aber die Tür öffnete sich nicht mehr.

»Süße bist Du wach?« Blinzelnd schlug ich die Augen auf. Philip stand vor meinem Bett, bereits geduscht und angezogen. »Ich hab dir Frühstück gemacht. Lass uns doch heute den Tag im Bett verbringen, dann können wir etwas – na ja – über uns reden.«

Ich richtete mich auf, rieb mir die Augen und nickte kurz. »Erst mal brauche ich einen Kaffee.« Einen ganz Starken.

Strahlend hielt er mir eine Tasse hin. »Hier. Ich weiß doch, was Du magst.« Er ist wirklich lieb. Wer braucht schon Toni? Er macht mir nie Kaffee. (Oke, bis auf das eine Mal).

»Danke.« Ich nahm einen Schluck – und bemühte mich, nicht das Gesicht zu verziehen. Er schmeckte scheußlich. Ich frage mich ganz ehrlich, wie er es geschafft hat, den Kaffee zu versauen. Wir haben hier eine Maschine! Die macht ihn eigentlich immer gleich. Egal. Die Geste zählt. Außerdem habe ich schon Schlimmeres überlebt. »Alsoo.« Unser Schweigen ist mir unangenehm; das war bisher noch nie so gewesen. »Wie läuft die Arbeit?« Nachdem ich die Worte ausgesprochen habe, verziehe ich das Gesicht. Oh Gott – Smalltalk. Aber Philip scheint die Frage völlig normal zu finden. »Gut«, sagt er fröhlich. »Mein Vater hat gerade erst einen großen Deal an Land gezogen.« Er nimmt sich ein Croissant vom Tablett. »Hast Du dir schon überlegt, was Du machen willst?«

»Ehm, nein. Noch nicht so richtig.« Ich kann ja schlecht sagen, dass ich noch nicht mal weiß, ob ich wieder nach Deutschland zurück will. Der Gedanke kam mir gestern Abend, als ich im Bett lag. Ich habe erst so wenig Zeit mit meiner Mutter verbracht und es ist echt schön hier. Ich kann ja zumindest mal drüber nachdenken.

Philip zieht seine Stirn in Falten. »Dann wird es aber langsam Zeit. Du musst Dich bald fürs nächste Semester eintragen, sonst bekommst Du keinen Platz mehr.«

»Ich weiß eigentlich gar nicht, ob ich studieren will«, sagte ich, ohne groß nachzudenken.

Philip sah aus, als hätte ich ihm gerade eröffnet, ich wolle Astronautin werden, oder Präsidentin der Vereinigten Staaten. »Du willst nicht studieren?«, sagte er langsam.

»Na ja, ich weiß noch nicht, ob das wirklich was für mich ist.«

Seine Augen wurden immer größer. »Wofür hast Du denn Abitur gemacht?« Er schüttelte den Kopf. »Nein, Du wirst auf jeden Fall studieren! Ich informiere mich zuhause gleich mal in meiner alten Universität, wann wieder Informationstage stattfinden.«

»Nicht nötig, wirklich. Es reicht auch, wenn ich nächstes Jahr anfange, ich habe doch keine Eile«, versuchte ich seinen Redefluss zu bremsen, doch er dachte gar nicht daran, aufzuhören.

»Kommt gar nicht in Frage! Du verlierst nur unnötig Zeit. Die Arbeitswelt wartet nicht auf dich, nur weil du keine Lust hattest.«

»Jetzt mach aber mal 'nen Punkt. Du bist nicht meine Mutter.«

»Nein«, sagte er scharf, »im Gegensatz zu ihr kümmere ich mich um deine Zukunft.«

»WAS sagst du da?« Mein Ton war wohl etwas zu laut, da er erschrocken zusammenzuckte. »Sie kümmert sich sehr wohl um mich«, fuhr ich etwas leiser fort. »Nur, weil sie mir etwas mehr Freiheiten lässt, heißt das nicht, dass ...«

»Sie hat ihre 16 jährige Tochter zurückgelassen, um nach Spanien zu gehen«, fiel er mir ins Wort.

»Ja, aber sie hatte dafür ihre Gründe.« Ich weiß nicht, warum ich auf einmal anders darüber dachte, aber ich war ihr plötzlich überhaupt nicht mehr böse. Nein, ich konnte sie sogar irgendwie verstehen. Sie war damals einfach damit überfordert, Mutter zu sein. Ich atmete tief durch und sagte dann ganz ruhig: »Du hast immer noch das Gefühl, für mich sorgen zu müssen, aber ich bin inzwischen 19 Jahre alt. Ich kann meine eigenen Entscheidungen treffen.«

Philip nahm meine Hand. »Das sollst Du doch auch. Ich will einfach nur sichergehen, dass es die Richtigen sind.« Ich unterdrückte das Bedürfnis, ihm irgendwas um die Ohren zu hauen und lächelte. »Keine Sorge.« Er hielt mich ganz offensichtlich noch immer für ein kleines Kind. Aber ich wollte keinen Freund, der Vormund für mich spielt.

»Hast Du das gehört?«, fragte ich.

»Was gehört?« Er sah verwirrt aus.

»Ich glaube Mom hat mich gerufen«, sagte ich schnell. »Ich muss ihr sicher bei irgendwas helfen. Wir sehen uns später. Danke für das Frühstück.« Ehe er etwas erwidern konnte, war ich aufgesprungen und aus der Tür gestürmt.

Sonntag, 5. August, 12 Uhr

»Ich will einfach nur sichergehen, dass es die Richtigen sind.« Jess wiederholte den Satz mehrere Male und betonte dabei jedes Wort einzeln. »Was für ein selbstgefälliger Idiot!« Ihre Stimme überschlug sich. Das war immer so, wenn sie aufgeregt war.

»Ja. Aber er hat mir auch Frühstück gemacht.«

Jess Blick sagte ganz deutlich: Willst Du mich verarschen?

Vorsichtshalber fügte ich hinzu: »Ich will damit nur sagen, dass er sich um mich kümmert.«

Inzwischen waren wir unten angekommen. »Kann schon sein, aber er hat immerhin auch eine andere geküsst.«

»Ach wirklich?« Ich zuckte zusammen, als Toni aus der Küche kam. Er wirkte angespannt. »Dieser Idiot hat dich betrogen?«

»Na ja, nicht richtig. Immerhin hat er sie nur geküsst«, sagte ich schwach.

Toni kniff die Augen zusammen. »Das ist doch Schwachsinn. Es geht darum, dass er dein Vertrauen missbraucht hat.« Sein Blick wanderte zu Boden. »Hätte ich das eher gewusst ...«

Wieso stört ihn das denn so? Wenn ich Philip verziehen habe, kann es Toni doch egal sein. »Wir haben uns schon wieder vertragen«, versuchte ich ihn zu beschwichtigen.

»Genau.« Philip legte von hinten den Arm um mich. Wieso hatten in letzter Zeit eigentlich alle die Angewohnheit, aus dem Nichts aufzutauchen? Wenn das so weiter geht, erschrecke ich mich noch irgendwann zu Tode. »Ich wüsste allerdings auch nicht, was Sie das anginge«; fügte er scharf hinzu.

»Oh eine ganze Menge. Ich werde nämlich nicht mit ansehen, wie Jenna in ihr Unglück rennt.«

»Ich glaube, das kann sie ganz gut selbst entscheiden.« Philip lächelte süffisant.

»Ach« Jess machte einen Schritt auf uns zu. »JETZT darf sie auf einmal selbst entscheiden!«

»Was soll das heißen?«, zischte Philip. »Sie darf IMMER selbst entscheiden.« Nervös lachend drückte er mich an sich. »Ist doch so, Liebling.«

»Na ja, du kannst schon ganz schön bevormundend sein.«

Er ließ seinen Arm sinken und baute sich vor mir auf. »Entschuldigung, dass ich all die Jahre die Verantwortung für Dich übernommen habe!«, keifte er.

»Wie gesagt, dafür bin ich dir auch dankbar…«

»Upps.« Ein Lächeln umspielte Tonis Mundwinkel. »Ich wollte keinen Streit im Paradies provozieren.« Dann wandte er sich an Jess. »Lassen wir die beiden lieber einen Moment allein.«

»Nicht nötig«, grinste Philip. Sekunden später lagen seine Lippen auf Meinen. Aber wieder war es nichts anderes als Haut, die auf Haut drückt. Als ich wieder aufsah, war Toni verschwunden. Einzig Jess lehnte mit verschränkten Armen an einer Wand und schüttelte langsam den Kopf.

»Ich weiß, was Du denkst«, sagte ich als Philip gegangen war. »Aber es ist doch so: Das mit Toni war nur ein Wunschtraum. Eine Klein-Mädchen-Fantasie. Das hätte – mal davon abgesehen, dass er mich auch gar nicht will – nicht funktioniert. Philip und ich sind seit fünf Jahren zusammen! Wir kennen einander in und auswendig und haben schon zusammengewohnt.

Ich weiß, das klingt blöd, aber; da weiß ich einfach, was ich habe. Auch wenn ich nicht gerade ein Feuerwerk spüre, wenn er mich küsst.«

Unbeeindruckt entfernte sie sich von der Wand. »Ich dachte eigentlich gerade nur, dass ich Hunger habe.«

Während sie zum Kühlschrank ging und sich einen Joghurt nahm, würdigte sie mich keines Blickes.

»Oh Jess, komm schon.« Wortlos schob sie sich einen Löffel nach dem anderen in den Mund. »Rede mit mir!« Ich war kurz davor sie an den Schultern zu packen und zu schütteln, als sie schließlich seufzte. »Was willst Du denn von mir hören? Das, was Du für eine erwachsene Beziehung hältst, ist nichts weiter als eingeschlafenes Beisammensein. Wenn Tom mich küsst, prickelt es immer noch! Zwar nicht wie am ersten Tag, aber es löst etwas bei mir aus. Und bei Dir?«

So sehr ich auch versuchte, mich selbst zu belügen, die Antwort darauf war mir längst klar...

Sonntag, 5. August, 18 Uhr – unterwegs mit Mom und Jess

Mom wollte unbedingt an diesem Abend mit uns feiern gehen. Ich kann nur hoffen, dass das nicht wieder ein Anfall von kalten Füßen ist. Wie unschwer zu erkennen ist, hat sie ja so ihre Probleme mit dem älter werden. Das war mir schon damals klar, als sie sich das gleiche Oberteil wie ich gekauft hat. Die Rede ist jetzt nicht etwa von einer weißen Bluse oder einem schwarzen Top, nein – Mutter und Tochter schlenderten durch die Innenstadt, auf ihren T-Shirts prangte groß: I love Ny (and boys). Was ich schon damals auch bei mir echt peinlich und unangebracht fand; ich war schließlich erst 12, und liebte eher Ponys als Jungs. Tja, und immer, wenn ich Freundinnen zu Besuch hatte, (wie schon erwähnt kam das nicht besonders oft vor, im Nachhinein betrachtet weiß ich jetzt auch warum) klopfte Mom alle zehn Minuten an die Tür und versuchte mit irgendwelchen Kommentaren am Gespräch teilzunehmen. Meist saßen dann alle schweigend da und warteten, bis sie wieder ging. Sie hatte doch nicht wirklich erwartet, dass ich sage: »Hey, setzt dich doch zu uns. Wir reden gerade über Jungs, wann hattest Du denn deinen ersten Kuss?« Oke, ich glaube, das hat sie doch.

Egal. Jedenfalls sind wir drei (Mom, Jess und ich) heute Abend unterwegs, und feiern ihren Junggesellenabschied. Toni, Philip und Tom sind mit José unterwegs. (Ich hoffe, das geht gut ...) Na ja. Keine Ahnung, was die vorhaben. Hoffentlich nicht so was Peinliches, wie einen Strip Club. Ich meine, ich hab an sich nichts dagegen; die Mädchen dort arbeiten wirklich hart. Das weiß ich, weil ich in einer Karaoke

Bar mal mit einer Stripperin ins Gespräch gekommen bin. Sie macht das nur, um für ihre zwei Kinder zu sorgen, bis sie mit ihrer Gesangskarriere den großen Durchbruch schafft. »Der kommt bestimmt ganz bald!«, habe ich zu ihr gesagt. Sie hat mir irgendwie leidgetan. Aber so als Junggesellenabschied finde ich das einfach unangebracht. Schließlich folgt darauf eine Hochzeit; zwei Menschen versprechen sich ewige Treue. Und das ist für mich einfach komisch, wenn der Bräutigam am Abend vorher noch einen Lap dance von einer anderen Frau bekommen hat. Tja, Toni wäre das auf jeden Fall zuzutrauen. Philip hingegen würde sich wahrscheinlich total unwohl fühlen, und mir alle zwei Sekunden eine SMS schreiben: »Ich habe nichts gemacht, und wäre wirklich lieber bei dir!« Auch wenn mir klar ist, dass natürlich jeder Mann mal genauer hinguckt, wenn Brüste vor seinem Gesicht wackeln. Selbst ICH gucke da ja gern hin. Brüste sind einfach eine schöne Sache.

Tja und nun zu uns: Wir haben einen ruhigen Abend geplant. (Also ohne Stripper und Bauchladen.) Nur wir drei, die ein bisschen tanzen gehen wollen. Im Moment sitzen wir in einer Bar und trinken einen Schnaps nach dem anderen, um ein bisschen in Stimmung zu kommen. Als wir wenig später deutlich angetrunken einen Club betreten, bleibt mir fast die Luft weg –

Die Jungs sind hier! José sitzt brav an der Bar und prostet einem betrunkenen Tom zu; Toni lehnt am Tresen und unterhält sich mit einem Mädchen. Und Philip? .... Tja, was machte MEIN FREUND? Er klebte am Gesicht irgendeiner blonden Schlampe! Der Bass wummerte unaufhörlich gegen meine Schläfen, aber ich nahm nichts mehr wahr. Benommen taumelte ich durch die Menge, bis ich schließlich Philip erreichte. Ich tippte ihm auf die Schulter – und holte aus. Bumm. Der hatte gesessen. Entsetzt hielt er sich die gerötete Wange. Erst jetzt schien er zu begreifen, wen er hier vor sich hatte. Seine Augen weiteten sich. »Es ist nicht, wie Du denkst«, schrie er gegen die Musik an. Aber ich wollte es überhaupt nicht wissen. Tränen rannen über meine brennenden Wangen, die Wut schnürte mir die Luft ab. Keuchend rettete ich mich nach draußen und hielt mich an einer Wand fest. Ich konnte nicht glauben, dass er es nochmal getan hat. Aber wieso hatte keiner der anderen eingegriffen? Tom, als sein bester Freund hätte ihn doch davon abhalten müssen! Schluchzend sank ich auf den Boden und umklammerte meine Beine.

»Jenna!« Mom und Jess kamen angelaufen; sie sahen besorgt aus. »Wir haben gesehen, was passiert ist.« Jess ließ sich neben mich fallen. »Was für ein Arschloch! Und dann auch noch vor Toni. Das ist doch einfach nur hohl.«

»Ich will nicht darüber reden«, krächzte ich in meine Ärmel. Sie waren inzwischen völlig durchgeweicht. »Lasst uns einfach nach Hause gehen.«

Mom und Jess tauschten einen besorgten Blick aus.

»Es ist in Ordnung, wirklich. Ich bin doch selber schuld.« Ich versuchte, aufzustehen, aber meine Beine waren immer noch taub.

»Du bist überhaupt nicht schuld! Wenn einer Schuld ist, dann ja wohl Philip. Red dir so was bloß nicht ein, hörst Du?« Bestimmt nahm Jess meine Hand und half mir auf.

»Ich hoffe nur, Toni hat das nicht mitbekommen«, murmelte Mom.

»Wieso?«, fragte ich schwach, doch sie antwortete nicht, sondern verzog nur ihr Gesicht. »Wieso hoffst Du, dass er es nicht mitbekommen hat?«, fragte ich nochmal energischer.

Montag, 6. August, 2 Uhr – auf der Polizeiwache

Mallorca/Palma - Sonntagabend gegen 24 Uhr eskalierte der Streit zwischen zwei Besuchern der Diskothek ‚Paradiso'. Nachdem der 24-jährige Philip N. eine Ohrfeige von einer Clubbesucherin eingesteckt hatte, kam ein 26-jähriger Polizeibeamter herbei und richtete seine Dienstwaffe auf N. Quellen zufolge ging es bei dem Streit um die 19-jährige Ex-Freundin des 24-Jährigen. Philip N. kauerte sich sofort auf dem Boden zusammen, und schrie: »Bitte nicht schießen.«

Der Schütze wurde daraufhin von seinem Vater beruhigt und ließ die Waffe sinken. Als N. sich daraufhin erhob, brach der 26-Jährige ihm mit einem gezielten Faustschlag die Nase. Letztendlich ist der Streit glimpflich ausgegangen, dennoch wird sich Toni G., der bei der örtlichen Guardia Civil arbeitet, für seine Tat verantworten müssen. »Irgendjemand musste diesem Kerl mal zeigen, wo seine Grenzen sind«, sagte er auf die Frage nach seinen Gründen. Wie die 19-Jährige zu dem Vorfall steht, blieb bis zuletzt unklar.

So oder so ähnlich würde wohl der Artikel aussehen, wenn ein Journalist über das berichten würde, was passierte, nachdem Mom, Jess und ich den Club verlassen hatten. Toni hatte also tatsächlich eine Waffe; und er hatte mich verteidigt! Der Gedanke daran verursachte ein merkwürdig wohliges Kribbeln in meinem Bauch. Deswegen hatte Mom gehofft, er hätte es nicht mitbekommen.

Als wir gerade ein Taxi rufen wollten, kam uns Philip entgegen, der sich ein blutiges Taschentuch an die Nase drückte. Ihm hinterher stürmte Tom, dem es offensichtlich große Anstrengungen bereitete, nicht laut loszulachen.

Auf jeden Fall sitze ich jetzt hier auf der Wache und warte darauf, dass meine Aussage aufgenommen wird. Obwohl ich eigentlich gar nichts dazu sagen kann, schließlich habe ich gar nicht wirklich mitbekommen, wie Philip wimmernd auf dem Boden lag. Bernat hat mich sofort wiedererkannt und mir einen Kaffee gebracht. Überhaupt sind alle sehr freundlich hier, machen sogar Scherze mit Toni. Keiner hier scheint das, was er getan hat besonders schlimm zu finden. Außer Philip natürlich. Der Arme ist immer noch ganz hysterisch. Es passiert ja nicht jeden Tag, dass jemand eine Waffe auf einen richtet. Trotzdem finde ich, dass er übertreibt. »Ich habe die Mordlust in seinen Augen funkeln sehen«, hat er gesagt. Wenn überhaupt etwas bei Toni funkelt, dann ist das die pure Abscheu, aber sicher keine Mordlust. Das weiß ich, weil er mich auch schon mal so angesehen hat. Und das tat echt weh. Viel mehr, als wenn er mich umbringen wollte. Hin und wieder sah Toni zu mir rüber. Es schien ihm ähnlich zu gehen wie mir. Ich wusste nicht, ob ich zu ihm gehen sollte. Was soll ich denn schon zu ihm sagen.

Ich hörte, wie Philip sich angespannt mit Tom unterhielt. »Die scheinen das hier alle superlustig zu finden. Die werden schon sehen, was sie davon haben.« Ich musste mich beherrschen, nicht laut loszuprusten. Philips mädchenhaftes Gekreische, während er sich in Embryonalstellung auf dem Boden rumrollte, war wirklich eine ziemlich lustige Vorstellung. Als er gerade zu mir rüber sah, wurde ich endlich ins Sprechzimmer gerufen. Ich hatte eh keine besondere Lust, mit ihm zu sprechen.

Zu meiner Freude übernahm Bernat die Befragung. Er sprach sogar etwas Deutsch.

»Hey«, sagte er freundlich.

»Hallo.«

»Würdest Du sagen – ich darf dich doch duzen?«

Ich nickte.

»Oke. Würdest Du sagen, dass Antoni eine Gefahr darstellt?«

»Nein. Philip muss ihn offen provoziert haben.«

»Gut. Dann beschreib doch bitte, was Du gesehen hast.« Bernat musste sich beherrschen, um nicht zu lachen. Er schien die Tat wirklich nicht besonders ernst zu nehmen.

»Alles, was ich mitbekommen habe, ist, dass Philip weinend aus dem Club gerannt kam.«

»Oke. Dann nur noch eine Frage.« Er sah mich ernst an. »Wieso warst Du mit so einem Würstchen zusammen?«

Ich dachte erst, dass ich ihn vielleicht falsch verstanden hätte, doch er lachte und schüttelte den Kopf. »Gut, das war's, wir sind fertig.«

Sofort stürmte Philip auf mich zu. »Und? Was haben sie dich gefragt? Was hast Du gesagt?«

»Ich habe das erzählt, was gewesen ist.« Ich hatte wirklich keine Lust, mich jetzt mit ihm auseinanderzusetzen. Er hatte bisher nicht mal versucht, sich bei mir zu entschuldigen. »Hör zu, es war echt ein langer Tag und ich habe wirklich keine Lust, mit dir zu reden. Falls Du es vergessen hast: Ich bin ziemlich sauer auf dich.«

Philip warf Toni einen bitterbösen Blick zu, als wir an ihm vorbeikamen. Er schnaubte. »Ich verstehe.« Wütend verließ er das Zimmer.

Mein Blick wanderte zu Toni; er stand mit einer Gruppe Kollegen am Kaffeeautomaten. Als sie mich kommen sahen, ließen sie Toni allein und klopften ihm aufmunternd auf die Schultern.

»Hey.«

»Na.« Er musterte mich interessiert. »Hast Du mir was zu sagen?«

»Ehm ... Nur ... Danke.«

»Schon gut.« Ich spürte, dass für ihn die Sache damit abgeschlossen war.

»Ich wollte nur, dass wir cool sind.« Aus meinem Mund klang das längst nicht so lässig wie bei ihm.

Er beugte sich zu mir runter. »Das sind wir.« Ich konnte nicht verleugnen, dass ich wieder dieses Kribbeln im Bauch spürte, als sein heißer Atem mein Ohr traf. »Gut«, sagte ich etwas zu schnell.

»Gut«, wiederholte er.

»Dann gehe ich jetzt.«

»Lass Dich nicht aufhalten.« Sein Ton passte mir ganz und gar nicht. Ich wollte, dass ER mich aufhielt, aber schon war ich zur Tür hinaus und Toni hatte sich wieder seinen Kollegen zugewandt.

»Ich nehme an, ich schlafe ich Gästezimmer«, stellte Philip fest, als ich neben ihm im Auto Platz nahm.

»Sei froh, dass José dich überhaupt in seinem Haus schlafen lässt«, fauchte ich. Darauf hatte er nichts mehr zu erwidern. Aber mal ehrlich: Was ging eigentlich in seinem Kopf vor?! Er hatte schon wieder eine andere geküsst und fühlte sich als Opfer. Morgen zieht er aus. Dafür sorge ich persönlich. Heute will ich einfach nur meine Ruhe und mein weiches, kuscheliges Bett.

Montag, 6. August, 10:30 Uhr – im Bett

Ich drückte meinen Kopf ins Kissen. Heute habe ich wirklich keine Lust, aufzustehen. Warum auch? Die Gespräche, die mich erwarten, versprachen alle furchtbar anstrengend zu werden. Ich habe fast die ganze Nacht wach gelegen. Irgendwie habe ich befürchtet, dass Philip in meinem Zimmer auftauchen würde. Aber das ist er nicht. Die ganze Nacht über habe ich keine Tür im Flur zu oder aufgehen gehört. Was auch bedeutete, dass Toni nicht nach Hause gekommen war. Müde blinzelnd schlug ich die Augen auf.

»Guten Morgen«, flötete Jess fröhlich.

»Ah! Wie lange bist Du denn schon hier?« Sie tat, als würde sie überlegen. »Och, eine Weile. Ich seh dir einfach gern beim Schlafen zu.« Lachend streichelte sie mir über den Kopf. Ich sah sie gespielt schockiert an. »Oke. Du bist gruselig.«

»Das weißt Du doch schon.«

Ich setzte mich auf und grinste. »Ich staune, dass Du dich von Tom losreißen konntest.«

»Tja das musste ich, um dir DEN hier zu zeigen!« Sie hielt mir ihre Hand vor die Augen. Am Ringfinger glitzerte ein feiner silberner Ring mit einem kleinen weißen Stein in der Mitte.

»Oh mein Gott! Du bist verlobt!« Kreischend fielen wir uns in die Arme. »Wie, wann?«

»Gestern Nacht. Als ich aus dem Bad kam, hatte er auf dem Bett überall Rosen verteilt, und drum herum auf dem Boden Kerzen. In der Mitte lag eine einzelne blaue Blume mit dem Ring darin. Er hat sich vor mir hingekniet, und einen Zettel rausgeholt. Dann hat er mit zittriger Stimme ein Gedicht vorgetragen. Gott, das war so was von süß.« Sie sprang auf. »Ich werde heiraten Jenna! Ich kann's gar nicht glauben!«

»Wow. Ich freu mich so für dich.« Das tat ich wirklich. Ganz ehrlich. Nur erinnerte mich Jess Glück schmerzlich daran, dass ich selbst gerade alles andere als im siebten Himmel schwebte. Aber ihr zuliebe reiße ich mich natürlich zusammen, ich will ihr schließlich nicht ihren Moment kaputtmachen.

»Ich kann einfach nicht mehr aufhören zu grinsen.« Jess packte mich an den Handgelenken.

»Das glaube ich dir. Ihr zwei seid einfach füreinander geschaffen.« Ich merkte gar nicht, wie ich gedankenverloren den Kopf schief legte. Erst als Jess mit ihrer Hand vor meinem Gesicht rumwedelte, kehrte ich zu unserem Gespräch zurück. »Tut mir leid, ich war nur etwas abwesend.«

»Wegen Philip.« Das war mehr eine Feststellung als eine Frage. »Oh Gott Jenna, es tut mir leid! Ich sitze hier und bin so glücklich, und nehme gar keine Rücksicht darauf, dass Du ...« Sie schluckte. »Ich kann es gar nicht glauben.« Ich wich ihrem Blick aus. »Aber was Toni gemacht hat, das war so was von romantisch! Da war es wieder, dieses Knistern.«

»Er will aber nichts von mir, wenn ich dich erinnern darf«, sagte ich eingeschnappt.

»Ach Jenna, das war doch nur Gerede! Toni ist verletzt, weil er dich mit Philip gesehen hat. So wie ich ihn kennen gelernt habe ist er nicht gerade der Typ Mann, dem es leicht fällt, über seine Gefühle zu reden. Und wenn man so einen Gefühlslegastheniker kränkt, fallen schon mal ein paar unschöne Wörter.« Ich hoffte so sehr, dass sie Recht hatte. Aber ich wollte mich andererseits nicht schon wieder in irgendwelche

Wunschträume flüchten, nur um diese am Ende wieder zerplatzen zu sehen.

»Und wenn Du mal ehrlich zu dir selbst bist«, fügte sie etwas schroffer hinzu, »war Philip schon immer viel zu spießig für dich. Ohne ihn bist Du ja wohl tausendmal besser dran!«

»Du hast wie immer recht«, seufzte ich.

Selbstzufrieden klopfte sie mir auf die Schulter. »Na geht doch.«

»Und was mache ich jetzt mit ihm?«

Ratlosigkeit stand Jess ins Gesicht geschrieben. »Also hier kann er nicht bleiben. Aber eigentlich ist das auch nicht unser Problem. Wer fliegt nach Mallorca, ohne sich ein Hotel zu nehmen? Soll er doch am Strand schlafen.«

»Genau«, kicherte ich, »oder bei Toni im Bett. Der nimmt ihn sicher gerne auf.« Wir lachten, bis ich ein Geräusch hörte. »Psst, sei mal kurz leise.« Eine Tür wurde geöffnet und wieder zugeschlagen. Das konnte jetzt entweder Philip sein, der nach unten in die Küche geht, oder Toni war endlich nach Hause gekommen. So oder so musste ich nachsehen.

Ich wartete, bis alles still war, und öffnete dann meine Tür. Im Flur war niemand, wie erwartet. Ich winkte Jess zu ihrer Zimmertür durch, und schlich dann selbst auf leisen Sohlen zu Tonis Tür. Ich legte nicht unbedingt gesteigerten Wert darauf, Philip zu wecken, wenn er noch hier schlief.

Diesmal rang ich mich zu dem durch, was ich letztes Mal nicht geschafft hatte: Ich klopfte drei Mal fest an seine Tür. Seine Antwort kam prompt, in Form eines genervt klingenden »Ja?« Vorsichtig steckte ich meinen Kopf durch einen kleinen Türspalt und sah zum ersten Mal überhaupt Tonis Zimmer. Es war hell und freundlich, nur wenig anders als meins, aber mit mehr Leben gefüllt. Sein Bett war unberührt und die Vorhänge nicht zugezogen. Alles deutete darauf hin, dass er die Nacht nicht hier verbracht hatte. Da, wo in meinem Zimmer eine Pflanze stand, saß Toni an einem schweren Holzschreibtisch und starrte wie gebannt auf den Bildschirm seines Laptops. Er trug dieselben Sachen wie gestern Abend und seine Haare waren ziemlich verwuschelt.

»Hey.« Meine Stimme war leise und brüchig. Toni atmete tief ein, klappte seinen Laptop zu und stieß dann hörbar Luft aus. »Hey«, sagte er, während er sich zu mir umdrehte.

»Darf ich reinkommen?« Er machte eine einladende Geste, also trat ich ein und zog die Tür hinter mir zu. »Schön hast Du's hier.«

Er wippte unruhig mit dem Fuß.

Ich deutete auf seine Vorhänge. »Die haben ne schöne Farbe.« Sein Blick schrie mir regelrecht entgegen: Komm zur Sache.

»Alsoo«, ich versuchte, so beiläufig wie möglich zu klingen. »Du bist gestern Nacht nicht nach Hause gekommen, oder?«

»Oh ich war hier.« Er drehte unruhig einen Stift zwischen seinen Fingern. »Aber dann hab ich deinen aufmüpfigen Freund im Flur getroffen, und der hat mir den Abend versaut. Schon wieder.«

»Ehm, aber wieso bist Du dann nicht schlafen gegangen?«

»Weil ich die ganze Nacht wach lag, und mich beherrschen musste, ihm keine reinzuhauen.« Er knirschte mit den Zähnen.

Ich presste meine Lippen aufeinander und sah ihn ernst an. »Was ist denn passiert?«

»Dieser kleine Wurm hat ernsthaft zu mir gesagt: Deine Waffe ändert auch nichts daran, dass Jenna meine Freundin ist, und ich jetzt zu ihr ins Bett gehe. Ich Gegensatz zu dir kennt sie nämlich meine wahre Größe. Wenn Du verstehst, was ich meine.« Er schnaubte verächtlich, als würde jedes einzelne Wort, das er aussprach, ihn anwidern.

»Oh. Mein. Gott.« Mir wurde schlecht. So kannte ich Philip gar nicht. (Abgesehen von der Tatsache, dass er zwei andere Frauen geküsst hat, war er immer sehr liebenswert.) Aber das bestärkte mich nur noch weiter darin, dass es die richtige Entscheidung ist, ihn nie mehr wiederzusehen. »Ich muss dich leider enttäuschen, da ich dir keinen Bericht erstatten kann. Er ist niemals bei mir aufgetaucht. Und wenn es nach mir geht, wird das auch so bleiben.«

Seine Anspannung schien zumindest teilweise von ihm abzufallen. »Oh«, sagte er grinsend.

Langsam machte ich einen Schritt auf ihn zu. »Aber eigentlich wollte ich über was anderes mit dir reden.«

»Ach so?« Lächelnd stand er auf. »Und worüber«, mit jedem Wort kam er näher. »Wenn ich fragen darf?« Wir standen uns gegenüber, nicht mal einen halben Meter voneinander entfernt. Meine Beine waren wieder mal zu einem glibberigen Pudding verkommen. »Ehm hast Du schon ein Geschenk für die Hochzeit besorgt?« Gott, wie bescheuert. Natürlich hat er schon eins. Genauso wie ich. Ich mein, Mittwoch ist es immerhin schon so weit ...

Er kniff die Augen zusammen und verzog seinen Mund zu einem verschmitzten Lächeln. »Na klar, Du etwa nicht?.« Ich schüttelte den Kopf. »Ich dachte Du, könntest mir da vielleicht helfen.«

»Nein«, sagte er lächelnd, und kam noch ein kleines Stück näher. »War das alles, was du mit mir bereden wolltest?«

»Ja«, sagte ich schnell und ging drei Schritte rückwärts. »Ich werd dann mal wieder.«

»Alles klar.« Sein Lächeln wurde zu einem immer breiteren Grinsen, als ich mich umdrehte und durch die Tür schlüpfte. Also entweder will er doch was von mir, oder er sieht mich einfach nur gern leiden. Wahrscheinlich ein bisschen von beidem. Ich war noch immer völlig gedankenverloren, als mich eine Stimme hinter mir ansprach. »Guten Morgen.«

Ich drehte mich um. »Hallo Philip«, sagte ich kühl.

»Hast Du gehört, dass Tom und Jess ...«

»Ja«, fuhr ich ihm ins Wort. »Und auch noch so einiges anderes.«

»Was meinst Du?« Er lachte nervös.

»Ich hab grad mit Toni gesprochen.« Sein Lächeln verschwand augenblicklich. »Oh.«

»Ja, oh.« Mit verschränkten Armen machte ich einen Schritt auf ihn zu. »Was hast Du dir nur dabei gedacht?«

Er hob entschuldigend die Hände. »Hey, das war doch nur ein Spruch. Ich wollte ihm eins reinwürgen.« Er streckte die Hand nach mir aus. »Du weißt doch, dass ich das nicht so gemeint habe.«

»FASS mich nicht an«, fauchte ich. »Ich bin nicht mehr das naive Mädchen von damals. Und vor allem bin ich nicht mehr deine Freundin! Du willst mich glücklich machen? Dann verschwinde einfach aus meinem Leben Philip.«

»Oh touché. Ich wusste nicht, dass du mit diesem Toni ins Bett gehst. Du hast Dich echt verändert, Jenna.

Mit so jemandem hättest Du dich früher nie eingelassen. Meiner Meinung nach ist das ganz schön schlampig.«

Ohne nachzudenken, holte ich aus und verpasste ihm erneut eine schallende Ohrfeige. Philip stand völlig verdattert da, und rieb sich seine Wange. »Bist Du bescheuert?«, schrie er, als er sich wieder etwas gefangen hatte.

»Kann schon sein.« Ich geriet gerade richtig in Fahrt. »Aber weißt Du was? Das fühlt sich toll an! Und nebenbei bemerkt, Toni ist der netteste, hilfsbereiteste und noch dazu attraktivste Mann, den ich je kennen gelernt habe. Erlaub dir kein Urteil, wenn Du nichts über ihn weißt!«

»Gott, Du bist so was von pubertär.« Philip hielt sich noch immer seine Wange, als er wütenden Schrittes Richtung Treppenhaus stiefelte.

»Okay. Guten Flug«, rief ich ihm winkend hinterher. Als ich ihn nicht mehr sehen konnte, atmete ich tief ein und aus. Mein Puls wummerte noch immer rasend schnell.

»Oh, Philip hat uns verlassen? Das ist aber zu schade.«

Ich wirbelte herum. »Wie lange stehst Du schon da?«

»Lang genug«, grinste Toni.

»Ohh man.« Ich verdeckte mein Gesicht mit meinen Händen.

»Ich werde nichts sagen, oke?« Er versiegelte sich symbolisch die Lippen.

»Wow, du musst mich echt peinlich finden.«

Er erinnerte mich stumm daran, dass er ja nichts sagen konnte.

»Ach Toni!« Ich schlang meine Arme um seine Taille und drückte mein Gesicht an seine Brust. »Wie kommt es, dass ich mich jedes Mal blamiere, wenn Du in der Nähe bist?«

Er legte seinen Kopf auf Meinen und streichelte über meine Haare. »Weil Du eben dein Herz auf der Zunge trägst.«

»Hm.« Ich inhalierte seinen Geruch. »Schade, dass Du mich nicht so magst, wie ich dich.«

»Ja«, hauchte er gedankenverloren. Und dann sagte er etwas, ganz langsam, kaum hörbar, aber es löste ein unglaubliches Kribbeln in mir aus. »Ich fürchte fast, ich mag dich noch viel mehr …«

Montag, 6. August, 15:30 Uhr - in Jess Zimmer

Ich weiß sie kann nichts dafür, aber ich hätte Jess erschlagen können, als sie in unseren intimen Moment platzte. Sie wollte nachsehen, was los ist, da sie Geschrei gehört hatte. Tja. Und was los war, konnte sie dann selbst sehen. Unsere Lippen waren nur noch wenige Millimeter voneinander entfernt, als Jess ihre Tür aufriss. Es war ich sichtlich unangenehm, aber das konnte den Zauber des Augenblicks dann auch nicht mehr retten. Verlegen standen Toni und ich voreinander. »Alsoo«, sagte er und legte seine Hand in den Nacken.

»Alsoo?« Ich lachte nervös.

»Lass uns heute Abend mal rausfahren, nur wir beide. Und dann sehen wir, wo das Ganze hier hinführt.«

Dann hat er mich umarmt, und ist in seinem Zimmer verschwunden. Seitdem sitze ich auf Jess Bett und tausche mich mit den beiden frisch Verlobten über die neusten Geschehnisse aus. Tom hat auch gesagt, dass er mit Philip kein Wort mehr reden möchte. Am liebsten hätte er sich ihn gleich geschnappt, aber Jess hat ihn davon abgehalten. Nicht, weil sie findet, dass er es nicht verdient hat, sondern weil sie nicht von Tom getrennt sein wollte. Oh man, die beiden sind so furchtbar verliebt, da bekommt man fast einen Zuckerschock von. Es ist leichter zu ertragen, weil ich selbst verliebt bin und ich endlich weiß, dass Toni mich auch mag. Auch wenn er sich noch nicht richtig darauf einlassen kann, aber so sind diese Gefühlslegastheniker eben. Ich werde ihm schon noch beweisen, dass es schön sein kann, in einer Beziehung zu sein.

Montag, 6. August, 18:30 Uhr – im Auto

Um punkt sechs Uhr hat Toni an die Tür geklopft. »Darf ich die Lady entführen?« hat er gesagt. Was soll ich sagen? Die Lady hatte keinerlei Einwände. Ich glaube, ich brauche nicht extra zu erwähnen, dass es mich bei seinem Anblick fast umgehauen hätte. Für mich war er einfach das schönste und wohlriechendste Wesen auf Erden.

Er wollte mir nicht sagen, wohin er uns brachte. Wobei ich auch nur einmal nachgefragt habe. Die restliche Fahrt über war ich viel zu nervös, um überhaupt einen Ton zu sagen. Dies hier war endlich ganz offiziell ein Date. Und das brachte mich ehrlich gesagt ganz schön ins Schwitzen. Zum Glück hatte mir Jess ihr Mini Deo für die Handtasche geliehen, meins war schon lange aufgebraucht.

Wir fuhren auf einen Schotterparkplatz und stoppten.

Toni stieg aus und hielt mir die Tür auf. »Folge mir.« Er reichte mir seine Hand. Als sich unsere Finger berührten, bekam ich sofort schwitzige Hände. Hoffentlich merkt er das nicht.

Er zog mich einige Schritte mit sich und blieb dann stehen. »Und jetzt schließ deine Augen.« Seine Finger strichen sanft über meine Lider. »Was spürst Du?«

»Ehm, nichts?«

Er gab mir einen Klaps auf den Hinterkopf. »Versuchs nochmal.«

»Au«, schrie ich. Aber plötzlich formte sich tatsächlich ein Bild der Umgebung vor meinem geistigen Auge. Ich hörte den Wind in den Sträuchern, spürte die Wärme der untergehenden Sonne auf meiner Haut. Der Boden unter meinen Füßen war steinig, und die feuchte Luft durchströmte salziger Geruch. Vorsichtig blinzelte ich und blickte in die tiefsten braunen Augen der Welt.

Toni stand direkt vor mir und grinste zufrieden.

Schnell drehte ich mich weg, bevor ich noch weiter in seinen Blicken versinken konnte.

»Erinnerst Du dich an Bernat?«, fragte er.

Ich nickte.

»Seine Schwiegereltern besitzen ein richtiges Boot. Nicht nur so eine Nussschale wie sein Eigenes.«

»Oh mein Gott! Heißt das, wir fahren jetzt wirklich mit einer Yacht raus?«

»Klar, es sei denn, Du ziehst es vor im Hafen zu bleiben wie Donnerstagabend.«

»Hat Jess dir davon erzählt?« Ich werde sie umbringen.

»Ja«, lachte er, und konnte eine gewisse Schadenfreude nicht verbergen. »Dass dieser Marcus wirklich gedacht hat, er könnte auf so eine plumpe Weise bei dir landen.« Er wirkte fast ein wenig ärgerlich.

Bernat begrüßte uns freudig, nahm meine Hand in seine und führte sie zum Mund. »Hola, guapa.«

Toni lachte. »Eh, Bernat!« Was danach aus seinem Mund kam, ließ mein Herz höher schlagen. Fast hörte es sich so an, als hätte er gesagt, Bernat solle »die Finger von seinem Mädchen lassen.« Ein wohliges Gefühl durchströmte meinen Körper, auch wenn ich kurz die Befürchtung hatte, ich könnte mich verhört haben.

Toni half mir auf das wankende Schiff. Es war nicht so groß, wie das von Marcus, aber definitiv auch keine Nussschale.

Bernat verschwand Richtung Steuer, und plötzlich waren wir wieder allein. Weit und breit nichts, außer den sanften Wellen des Meeres.

»Ich muss Dich jetzt leider noch mal bitten, deine Augen zu schließen. Auch wenn es wirklich eine Schande ist, sie der Welt vorzuenthalten.«

Wow, sollte das gerade ein Kompliment sein? Er versuchte definitiv, mich zu verführen.

Ich stand eine gefühlte Ewigkeit so da und wartete, bis Toni endlich rief: »Oke. Komm her.«

Was ich dann sah, zog mir den Boden unter den Füßen weg. Und zwar wortwörtlich, da das sich Schiff in diesem Moment in Bewegung setzte und ich fast das Gleichgewicht verlor.

Montag, 6. August, 22 Uhr – auf internationalen Gewässern

Nimmst meinen Kopf in deine Hände
und schaust mich lange an.
Still hoff ich, dass Du nicht bemerkst,
dass ich's kaum erwarten kann.
Und dann ziehst Du mich langsam,
ganz sanft zu dir heran.
Weißt Du wohl, dass ich vor Freude,
Kaum noch atmen kann?
Streichst mir zart mit deinen Fingern
über meine Haare, mein Gesicht-
Zu kurz hält der Moment an,
im schönen Abendlicht.
Mein Gesicht ist deinem,
so unerträglich nah.
Kann nicht mehr an mich halten,
der Moment ist da.

...

»Alles in Ordnung?«, fragte Toni, nachdem ich wieder auf den Füßen stand.

»Ja«, hauchte ich. »Hast Du das alles für mich gemacht?«

»Ich sehe hier außer Dir niemanden. Und so gern habe ich Bernat nun auch nicht.« Tausend kleine Lichter spiegelten sich matt in seinen wunderschönen Augen.

Auf dem Bug des Schiffes waren zwei große Matten ausgebreitet, darauf verteilt lagen einige Kissen.

Umrahmt wurde die Szenerie von zart flackernden Kerzen.

Sanft drückte er mich in Richtung der Matten und sah mir in die Augen. »Setz dich, nicht, dass Du noch mal umfällst.«

Er ließ sich neben mich sinken und starrte aufs Meer hinaus.

Der Wind umspielte seine Haare und trug seinen unwiderstehlichen Duft zu mir. »Wie stellst Du es bloß an«, sagt er mit einem Schmunzeln auf dem Gesicht, »aus mir einen verliebten kleinen Jungen zu machen.« Er zog die Stirn in Falten. »Dabei habe ich wirklich versucht, mich dagegen zu wehren. Aber ich kann nichts dagegen machen. Ich möchte dich einfach um mich haben. Ehrlich gesagt fand ich dich schon damals am Flughafen ziemlich süß. Und süß gehört normalerweise nicht zu meinem Vokabular, wenn ich über eine Frau rede.«

Er fand mich also süß. Wo wir wieder bei den Hundevergleichen wären...

»Ehm ... Ist das jetzt gut?«

Er lächelte. »Sogar sehr gut.«

Dann sah er mir fest in die Augen und zog mich zu sich ran. Sanft fuhr er mit seiner Hand die Konturen meines Körpers entlang. Meine Haut brannte unter jeder seiner Berührungen, alles in mir verlangte nach mehr. Er nahm mein Kinn in seine Hand, unsere Lippen kamen sich immer näher, seine andere Hand streichelte nun forscher meinen Rücken. Und dann spürte ich seine weichen Lippen auf meinen. Es war ein unglaubliches Gefühl. So intensiv. Völlig anders als alles, was ich bisher erlebt hatte, denn jetzt, in diesem Moment waren seine Küsse bedingungslos und ehrlich.

Ich verlor fast das Bewusstsein unter seinen fordernden Küssen. Sein Mund wanderte zu meinem Hals und ich spürte seinen heißen Atem an meinem Ohr. Die vorsichtigen Berührungen wurden immer drängender, unsere Atmung immer schneller. Völlig ergeben lag ich in seinen Armen und ließ es geschehen. Wie hatte ich nur jemals geglaubt, ich könnte diesem Mann widerstehen?

Er dreht mich auf den Rücken und lag nun über mir. Seine funkelnden Augen blickten in meine. Mir wurde ganz schwindelig, und ehe ich mich versah, streiften seine starken Hände mir mein Kleid ab. Er riss sich sein Hemd regelrecht vom Körper, und mit zittrigen Fingern zog ich ihm sein Shirt über den Kopf.

Er presste sich eng an mich. »Jenna«, keuchte er.

Ich legte meinen Finger auf seine bebenden Lippen und brachte ihn so zum Schweigen. Ich wollte nicht, dass er etwas sagte. Ich wollte nicht nachdenken. Ich wollte nur ihn in diesem Moment. Irgendwas in mir hatte mein Gehirn lahmgelegt.

Ich betrachtete ihn und ließ meinen Blick an seinem muskulösen Körper entlang wandern. »Schon gut«, hauchte ich.

Und während das Boot unter sternklarem Himmel durch die Wellen brach, hatten wir nur Augen füreinander und gaben uns unseren Gefühlen hin.

Dienstag, 7. August, 9 Uhr – auf Bernats Boot

Sanft liegen deine Lippen,
jetzt auf Meinen drauf
und nun bin ich ganz sicher
vollkommen obenauf.

…

Das Kreischen der Möwen wurde immer lauter, als würden sie mir sagen wollen, ich solle endlich aufstehen.

Ich lag in Tonis Armen. Als ich die Augen aufschlug, sah er mich bereits an. »Na.« Seine Finger strichen mir die Haare aus dem Gesicht.

Ich lächelte. Unfähig, das zu beschreiben, was ich in diesem Moment empfand. »Wow. Wir waren die ganze Nacht hier.«

»Keine Sorge, Bernat habe ich nach Hause geschickt, als er das Boot hier festgemacht hat.« Die Art wie er mich ansah machte mich ganz nervös.

»Was ist?«

»Ich seh dich bloß gern an.«

Ich versuchte, mein Dauergrinsen unter meinen Haaren zu verbergen. »Wir sollten nach Hause fahren, Mom dreht sicher total durch, wenn sie aufwacht und ich nicht im Bett liege.«

»Hmhm«, murmelte er, »Ich hab da ne bessere Idee.«

Er drückte mir einen Kuss auf die Lippen. Dann noch einen, und noch einen. Wir konnten gar nicht genug voneinander bekommen.

»Das ist allerdings besser«, grinste ich und zog ihn näher zu mir heran.

Tja und was dann geschah, muss ich nicht unbedingt für die Nachwelt festhalten.

Nachdem wir noch eine Weile Arm in Arm die Wolken beobachtet hatten, suchten wir schließlich unsere Sachen zusammen und betraten wieder festen Boden. Doch das änderte nichts an meinen wackligen Knien.

Es fällt mir noch immer schwer zu glauben, dass Toni mich wirklich liebt. MICH. Aber er tut es, und ich will das auch gar nicht hinterfragen. Ich bin einfach nur glücklich, dass es so ist.

Toni summte gerade fröhlich irgendein spanisches Lied, das öfter im Radio läuft, und klopfte mit seinen Fingern aufs Lenkrad.

»Toni?« Sanft streichelte ich seinen Arm.

»Ja?« Er unterbrach sein Getrommel.

»Te quiero.«

Ein Lächeln huschte über sein Gesicht. Dann summte er weiter.

Er hatte meine Worte zwar nicht erwidert, aber ich spürte, dass er genau so fühlt. Er braucht einfach noch ein bisschen Zeit. Hauptsache, wir sind zusammen. Und das waren wir jetzt ganz offiziell. Oder?

Dienstag, 7. August, 12 Uhr – zuhause auf der Finca

»Oh mein Gott, Jenna! Erzähl mir alles!« Mit diesen Worten empfing mich Jess im Hausflur.

Ich bedeutete ihr wortlos, den Mund zu halten. Schließlich musste Toni jeden Moment auftauchen. Er wollte nur noch die Matten in der Garage verstauen.

Also nahm ich Jessicas Arm und zog sie hinter mir her die Treppe hoch.

»Jetzt spann mich doch nicht so auf die Folter.« Jess saß im Schneidersitz auf meinem Bett und sah mir ungeduldig dabei zu, wie ich mir frische Sachen anzog. Innerlich genoss ich es ein bisschen, sie warten zu lassen. »Ich gehe erst noch duschen, oke?« Grinsend über ihren bösen Blick, der einfach nicht so recht gelingen wollte, setzte ich mich neben sie aufs Bett. »Also gut. Ich erzähle dir die schmutzigen Details. Und ich meine wirklich schmutzig, weil ich glaube ich in Möwenschiss gelegen habe.«

»Jenna!« Sie platzte fast vor Neugierde.

»Oke«, lachte ich. »Jetzt aber ernsthaft. Weißt Du noch, als Bernat uns aus dieser kleinen Bucht gerettet hat? Tja, derselbe Bernat war auch gestern unser Kapitän, nur das Boot war geringfügig größer.«

»Wie viel größer?«

»Na ja, nicht ganz so groß wie das von Marcus Gall, aber man kann sich schon aus dem Weg gehen. Was wir natürlich nicht getan haben.«

Jess knirschte mit den Zähnen. »Wenn Du nicht willst, dass ich vorm Ende deiner Geschichte umfalle, empfehle ich dir dich ein bisschen zu beeilen. Mich interessiert weniger die Größe des Bootes als ...«

»Jess!«, unterbrach ich sie. »Das werde ich dir garantiert nicht sagen!« Ich sah sie mit gespielter Empörung an. Dann holte ich tief Luft: »Jedenfalls; dann haben wir uns hingesetzt, er hat mich geküsst und dann ging irgendwie alles ganz schnell. Ich konnte gar nichts dagegen machen, es ist einfach passiert.«

»Ach, und was ist mit deiner Regel, nie beim ersten Date mit einem Typen zu schlafen? Was irgendwie ziemlich lustig ist, wenn man bedenkt, dass Du nie irgendwelche Dates hattest. Aber Regeln.« Sie lachte. »Jetzt guck nicht so!«

»Ich weiß doch auch nicht. Ich bin völlig handlungsunfähig in seiner Nähe. Aber genau genommen war es ja nicht das erste Date ...«

»Ja, rede dir das ruhig ein.« Jess rutschte näher an mich heran. »Ich freu mich total für dich«, sagte sie dann und nahm mich in den Arm. »Auf die Gefahr hin, dass ich jetzt total unromantisch klinge, aber – wir fliegen nächste Woche wieder nach Deutschland. Habt ihr drüber geredet, wie es weitergeht?«

»Nein.« Ich zog die Stirn in Falten. »Bisher habe ich darüber noch gar nicht nachgedacht. Glaubst Du, er würde sich auf eine Fernbeziehung einlassen?«

Jess stöhnte auf. »Fernbeziehungen sind doch Mist! Das kann gar nicht funktionieren. Er hat sein Leben hier, du hast deins – langsam aber sicher lebt ihr euch auseinander, bis von eurer Liebe nichts mehr übrig ist als die Erinnerung an einen schönen Sommer.«

»Jess.« Ich sah sie ernst an und umfasste ihre Handgelenke. »Es ist 6 Jahre her und du warst erst 12! Komm endlich darüber weg.«

»Ich hab ihn geliebt«, schniefte sie und versuchte nicht zu lachen.

»Ja, das hast Du.« Ich prustete los, und auch Jess konnte ihre Fassade nicht mehr aufrechterhalten.

Nach einer gefühlten Ewigkeit atmete ich tief durch. »Oke, stopp! Ich hab schon Bauchweh.«

Jess – die sich ebenfalls schon den Bauch hielt – nickte und wischte sich ein paar Tränen aus den Augenwinkeln.

»Was ist, wenn ich einfach hier bleibe?« Jess sah mich ungläubig an. »Ich meins ernst«, fuhr ich fort. »Zumindest für ein Jahr. Ich wollte doch sowieso herumreisen. Aber wohin reisen, wenn ich doch hier schon gefunden habe, wonach ich suche. Ich wohne einfach bei Mom und suche mir irgendeinen Nebenjob. Dann können Toni und ich zusammen sein, bis ich dann mit dem Studium anfange.«

Ihre Reaktion gestaltete sich anders, als erhofft. »Das klingt ja alles schön und gut, deine Mom würde sich sicher freuen. Aber meinst Du denn, dass Toni das auch möchte? Ihr seid gerade erst zusammengekommen, und dann gleich unter einem Dach wohnen – das ist nicht für jeden was.«

»Na klar will er das!«, sagte ich voller Überzeugung. »Will er das?«, dachte ich stumm.

Dienstag, 7. August, 15 Uhr – im Wohnzimmer

Bevor ich mit meinem Vorhaben zu Toni ging, musste ich mit Mom reden. Die ist zwar voll mit den letzten Handgriffen für ihre Hochzeit beschäftigt, aber für so ein wichtiges Anliegen hat sie bestimmt ein offenes Ohr.

Als ich das Wohnzimmer betrat, war sie gerade dabei, die Schleifen für die Sitzreihen vorzubereiten. Die Zeremonie sollte am Strand stattfinden. Ich bin mir ziemlich sicher, dass zwingende Bedingung gewesen war: Es wird nicht in einer Kirche geheiratet. Nicht, dass Mom nicht gläubig wäre – sie fühlt sich einfach durch konventionelle Zwänge eingeengt.

»Kann ich dir helfen?«

»Jenna!« Sie zuckte zusammen. »Tut mir leid, ich bin ich Gedanken. Setz dich doch.«

Ich zog mir einen Stuhl heran und schnappte mir ein Schleifchen. Wie viele Stühle waren das eigentlich? Ich wusste nicht so recht, wie ich das Gespräch anfangen sollte. Ich beschloss, die Frage einfach ganz direkt fallen zu lassen: »Mom, was hältst Du davon, wenn ich hierbleibe?«

Sie sah auf. »Was meinst Du, Schatz?«

»Na ja, ich würde gern bei dir wohnen. Wir haben gerade erst zueinander gefunden, ich will nicht wieder gehen müssen. Außerdem sind Toni und ich jetzt zusammen. Ich würde gern mehr Zeit mit euch allen verbringen.«

»Oh.« Na super. Die erhofften Begeisterungsstürme blieben also auch bei ihr aus. Sie legte die Schleife auf den Tisch und sah mich ernst an. »Hast Du dir das auch gut überlegt? Du weißt, wir waren nie besonders gut darin, zusammenzuwohnen«, sagte sie stockend.

»Ja, aber das war gestern. Wir haben uns beide verändert. Du wirst sogar heiraten! Und ich bin auch reifer geworden. Ich glaube wirklich, dass es funktionieren kann!« Ich sah ihr eindringlich in die Augen.

»Oke. Dann habe ich aber noch eine Frage.« Sie kniff die Augen zusammen. »Zu wie viel Prozent willst Du denn wirklich wegen MIR hierbleiben?«, fragte sie grinsend.

»100 natürlich!« Ich nahm sie lachend in den Arm.

»Insgeheim hatte ich ja gehofft, dass Du dich so entscheidest, aber ich wollte dich nicht drängen. Ich freue mich total, dich endlich wieder bei mir zu haben. Und mal ehrlich, das Haus ist eh zu groß für José und mich. Wenn Toni nicht wieder zu uns gezogen wäre, hätten wir es wohl schon vermietet.«

»Danke Mom«, sagte ich strahlend. »Jetzt muss ich nur noch mit Toni reden.«

Mom legte ihre Hand an meine Wange. »Wenn er nicht so begeistert ist, nimm es dir nicht zu herzen. So ist er einfach, er braucht immer einen Moment.«

»Ja, nein. Das habe ich bis jetzt noch gar nicht gemerkt ... « Wir mussten beide lachen. Ich atmete tief durch. »Mom, Du wirst morgen heiraten!«

»Oh Gott, ich weiß! Kannst Du das glauben? Ich! Damit hatte ich wirklich nicht mehr gerechnet.« Gedankenverloren sah sie zum Fenster. Dann sagte sie mit leiser Stimme: »Ich habe Angst, Jenna.« Langsam wandte sie sich wieder mir zu. »Ich habe Angst, dass ich José enttäusche. Dass er mich irgendwann nicht mehr liebt.«

»Oh Mom ...« Ich nahm sie in den Arm und streichelte über ihren Rücken. »So einen Quatsch darfst Du nicht einmal denken! José liebt dich. Wirf endlich deine Ängste über Bord und lass dich darauf ein. Nur dann kann es gut werden.«

»So wie Du?« Ein Lächeln umspielte ihre Mundwinkel.

»Was meinst Du?«

»Na ja«, sie streichelte meine Wange. »Du lässt in Deutschland alles zurück, nur um bei Toni sein zu können. Das ist ganz schön mutig.«

»Und bei dir!«, warf ich ein, erntete aber nur einen misstrauischen Blick. »Na gut«, gab ich nach. »Aber so mutig ist das eigentlich gar nicht. Was habe ich denn, was mich da halten würde?«

»Es ist mutig, Jenna. Hör auf, dich selbst schlechter zu machen, als du bist. Hör auf, dich mit etwas zufrieden zu geben, was dich nicht glücklich macht, und ja, damit meine ich Philip. Der ist ja immerhin schon mal weg. Ich konnte ihn noch nie leiden. Aber immerhin konnte ich mir bei ihm sicher sein, dass er für dich sorgen würde.« Sie lachte. »Guck nicht so geschockt. Machen wir hier lieber weiter, ich heirate morgen!«

Am Abend feierten wir noch ein bisschen Toms und Jess' Verlobung – und natürlich Toni und mich – gingen aber relativ zeitnah ins Bett. (Jeder in seines, leider.) Morgen würde es schließlich anstrengend werden. Und ich musste mir noch überlegen, wie und wann ich Toni eröffne, dass ich vorhabe, bei ihm zu bleiben. Ich bin ehrlich gesagt etwas nervös. Was, wenn er mich nicht hier haben möchte? Kann doch sein. Aber Mom sagt, ich solle mir keine Sorgen machen. Und sie hat immer

Recht. Hoffentlich muss ich morgen nicht heulen! Das passiert mir ja doch eher schnell ... Ich bin ja jetzt schon ganz rührselig.

Mittwoch, 8. August, 9 Uhr – im Schlafzimmer

Der nächste Morgen war purer Stress. Jess passte ihr Kleid nicht mehr. – Sie hat die letzten Tage auch ganz schön reingehauen. – Aber irgendwann schafften wir es dann doch, mit vereinten Kräften, den Reisverschluss zuzubekommen. Auch wenn sie jetzt nicht mehr atmen kann, Hauptsache, es ist zu. Meine Haare wollten leider auch nicht so, wie ich. Also gab ich irgendwann auf, und ließ sie einfach ihr Ding machen. Gerade seufzte ich resigniert, als Mom hinter einem Vorhang hervortrat. »Und, wie seh ich aus?« Sie drehte sich im Raum herum.

»Wow.« Mehr brachte ich nicht raus.

»Du siehst toll aus, Sarah! Wenn ich dich so sehe, möchte ich am liebsten auch sofort heiraten.« Jess sah ehrlich ergriffen aus.

Mom wedelte sich mit den Händen Luft zu. »Oh Gott, hört auf, sonst muss ich jetzt schon heulen. Kommt her, Gruppenumarmung!« Jess und ich schlangen unsere Arme um den Traum aus Tüll. Nachdem wir uns wieder gelöst hatten, halfen wir Mom die Treppe runter und ins Auto. Es war eine schwarze Limousine, mit der José uns überraschen wollte.

Keiner von uns sagte etwas, als wir an endlosen Feldern und kleinen Dörfern vorbeirauschten. Überall ernteten wir neugierige Blicke. Die schwarze Limo war für die meisten Bewohner eine echte Attraktion. Doch wir hätten genauso gut in einem alten Käfer sitzen können – mal abgesehen von den Platzproblemen, die wir dann hätten – wir waren viel zu aufgeregt, um groß darüber nachzudenken. Wir hielten an einer steilen Klippe. Nur über eine unendlich lange Treppe gelangte man zum Strand. »Also gut.« Mom holte tief Luft. »Dann gehen wir mich mal verheiraten!«

Als wir es endlich geschafft hatten, den Großteil der Stufen hinter uns zu bringen, fing leise Musik an zu spielen. »*See the pyramids along the Nile, watch the sun rise from the tropic isle. Just remember darling all the while - You belong to me.*« Ich nahm Moms Hand und schritt mit ihr langsam den kleinen Steg entlang. Endlich hatten wir freie Sicht auf José. Er sah unendlich glücklich aus. Er stand unter einem hölzernen Pavillon mit wehenden weißen Vorhängen. Auf dem letzten Stück waren Blütenblätter gestreut, und Moms selbstgemachte Schleifen zierten die Stuhlreihen. Ich kannte keinen der Menschen, die auf den Stühlen saßen. Aber das machte nichts. Ich war hier wegen Mom und José. »*Just remember when a dream appears - You belong to me.*« Sanft brachen sich die Wellen am Strand, ein leichter Sommerwind trug den salzigen Geruch zu uns. Und da stand er. Der Mann, der für mich am allerwichtigsten war. Er hatte einen Arm um José gelegt und sah lächelnd zu uns herüber. Seine dunklen Haare fielen ihm ins Gesicht und lagen wie ein Schleier vor seinen Haselnussbraunen Augen. Bei seinem Anblick durchfuhr mich ein leichtes Kribbeln.

Als wir am Pavillon ankamen, übergab ich Mom an José. Der lächelte mir dankend zu und unterdrückte glaube ich eine Träne, als er Mom das erste Mal von Nahem sah. »*Just remember till you're home again - You belong to me.*« Mit glühenden Wangen stellte ich mich neben Toni. »Sieht sie nicht wunderschön aus?« Ich konnte nicht mehr verhindern, dass mir Tränen über die Wangen liefen, und vergrub mein Gesicht in seiner Brust.

»Ja«, flüsterte er. »Aber Du bist für mich die Schönste.« Er drückte mich fest an sich. »Ich will gar nicht daran denken, dass Du bald weg bist.«

Ich sah auf. »Dann tu's nicht.«

»Aber bald ist es so weit«, stöhnte er.

»Vielleicht ja nicht.« Ich grinste verschwörerisch.

»Was meinst Du?« Man sah ihm an, dass er mit meinen Aussagen nicht viel anfangen konnte.

»Ich bleibe hier!«

Er packte mich an den Schultern und drehte mich zu sich. »Meinst Du das ernst?«

»Ja klar, du Idiot. Und jetzt Ruhe, die Leute gucken schon.«

»Sollen sie doch gucken! Komm her, wundervollstes Mädchen der Welt.« Unter meinem stummen Protest packte er mich und wirbelte mich herum. »Mein Mädchen bleibt bei mir!« Seine laute Stimme klang glücklich. Und es war egal, dass die anderen Gäste uns verwundert ansahen. (Was wohl auch daran lag, dass sie kein Wort verstanden.) Mom und José schenkten uns jedenfalls ein Lächeln. Dann wandten sie sich wieder einander zu, tauschten die Ringe, sprachen ihre Schwüre und küssten sich. Es war wirklich wunderschön. Und wenn ich mal heirate, dann garantiert auch hier. Denn ich kann mir keinen schöneren Ort vorstellen. Und natürlich keinen anderen Mann, als Toni, der mich gerade liebevoll in den Arm nimmt und küsst. Am liebsten würde ich mit ihm hier bleiben, aber jetzt geht es zur großen Feier ins es Cruce. Oh Mann. Ich hoffe, dieses Mal passiert dort keine Katastrophe. Was habe ich an den Laden schon für Erinnerungen...

Mittwoch, 8. August, 16 Uhr – im es Cruce

In einem Séparée hatte man uns mehrere Tische reserviert. Es war wirklich alles total liebevoll dekoriert. (Das hat bestimmt nicht diese Kellnerin gemacht ...) Die Papierschwäne, die Toni und ich gefaltet hatten, zierten jeden Teller, genauso wie kleine Teelichter in Blütenform. Es gab sogar jemanden, der nur für uns Klavier spielte. Und das richtig gut. Ich wollte auch immer Klavier spielen, aber ich bin ganz klar zu untalentiert – oke, zu faul – um das durchzuziehen. Ich glaube Toni kann Klavier spielen. Er hat da mal so was in der Richtung erwähnt.

Na ja, jedenfalls sitze ich mit Toni, Jess und Tom an einem Tisch. Das Brautpaar hat einen für sich allein, mitten im Raum, damit alle sie sehen können. Jess und Tom sind eigentlich nur miteinander beschäftigt. Aber das macht nichts. Denn Toni hält die ganze Zeit meine Hand und ich schmelze so vor mich hin. Ich bin gar nicht im Stande, ein Gespräch zu führen.

Jess und Tom hatten sich gerade entschuldigt, um »auf Toilette zu gehen« (ich bin mir ziemlich sicher, dass sie in diesem Moment Sex haben), da stand plötzlich eine junge Frau an unserem Tisch. Sie kam mir nicht bekannt vor, aber sie erinnerte mich an jemanden. Ich bemerkte sie vor Toni und tippte ihm auf die Schulter. Als er sie sah, verdunkelte sich seine Miene. Er schien sich nicht gerade zu freuen, sie zu sehen. »Was willst DU denn hier«, fuhr er sie an.

»Freut mich auch dich zu sehen, Toni.« Sie lächelte kühl. »Als Ana mir erzählt hat, dass Du mit einem

Mädchen ihren Unterricht besucht hast, wollte ich dich unbedingt sehen.«

Ich sah sie ungläubig an. Wer war sie und was wollte sie hier? »Entschuldigung«, sagte ich leise, »aber wer bist Du?«

Sie sah mich an, als könnte sie nicht begreifen, wie man sie nicht kennen kann. »Ich bin Xisca, Anas Schwester. Toni und ich waren drei Jahre zusammen. Hat er dir das denn nie erzählt?« Sie schlang von hinten ihre schmalen Arme um seinen Hals und zog nach kurzem Überlegen einen Schmollmund. »Scheint ja ganz so, als hättest Du mich endlich überwunden. Ich dachte schon, dass du nie jemanden findest.«

Toni lächelte gezwungen und schüttelte ihre Arme ab. »Ja, nach dir brauchte ich erst mal eine Pause von Beziehungen.«

Sie drückte sich theatralisch ihre Hände ans Herz. »Sag so was nicht! Wir hatten doch immer viel Spaß zusammen.« Ich saß schweigend da, und starrte in mein halbleeres Glas. Was sollte ich auch groß sagen? Es wäre schon nett gewesen, er hätte mich über seine penetrante Ex-Freundin aufgeklärt. Vor allem, da sie die Schwester seiner besten Freundin ist. Für mich blieb also die Frage: Warum hat er es nicht getan?

»Oh ja.« Tonis Worten klang deutlich seine Verärgerung nach. »Wenn du dich nicht gerade am Pool irgendwelcher Milliardäre geräkelt hast.« Die Funken flogen nur so durch die Luft.

Deswegen reagierte er auf Snobs wie Marcus Gall also so empfindlich.

Xisca warf ihre langen, dunklen Haare zurück und sah ihn unschuldig an. »Ach komm schon, das ist nicht fair. Wir haben uns doch geeinigt.« Ein Lächeln huschte über ihre Lippen. »Du trägst mir diese Sache nicht nach, und ich ...« Sie sah mich provokant an. »Ich sehe über die Tatsache hinweg, dass Du mit der Hälfte meiner Freundinnen geschlafen hast, inklusive dieser einen Nacht mit meiner Schwester letztes Silvester.«

Ich erstickte fast an dem Schluck Cola, den ich gerade zu mir genommen hatte. Nicht nur, dass er mir diese Beziehung verschwiegen hat, er hat mich auch noch wegen Ana angelogen. (Oder mir diese Information zumindest bewusst vorenthalten.)

Xisca lächelte zufrieden. »Ich würde sagen, wir sind quitt.«

»Ja, so war es abgemacht«, knurrte Toni. »Bis du beschlossen hast, hier aufzutauchen.« Er ballte die Hände unterm Tisch zu Fäusten. An der Ader an seinem Hals konnte ich sehen, dass es ihm größte Anstrengung abverlangte, sich nicht sofort auf sie zu stürzen. »Du wusstest genau, dass ich Jenna nichts von uns erzählt habe – aus gutem Grund!« Jetzt brüllte er fast.

Die Leute um uns herum drehten sich interessiert um. »Es ist mir schlicht und einfach peinlich, was für ein Idiot ich war.«

Ich kaute auf meiner Unterlippe. Gut, die Sache liegt vielleicht schon etwas zurück; aber als ich Toni kennen gelernt habe war er auch alles andere als ein Heiliger. Außerdem fragte ich mich: Was war wohl wirklich an dem Morgen, als Ana bei uns in der Küche saß? Ich merkte gar nicht, dass ich den letzten Satz laut gesagt hatte, bis Toni sich besorgt an mich wandte: »Da war nichts. Das mit Ana war eine einmalige Sache, das sehen wir beide so. Sie hat außerdem einen Freund.«

Xisca lachte auf. »Als hätte dich das jemals gestört. Du bist noch immer ein hervorragender Lügner.«

Toni schnaubte wütend. Aber, was soll ich sagen ...
Als ich in seine funkelnden braunen Augen sah, wirkte
er auf mich überhaupt nicht wie ein Lügner, sondern
vollkommen ehrlich und zwischen all der Wut sogar
ein bisschen verzweifelt.

»Vielleicht liegt das aber auch daran«, schaltete ich
mich ein, »dass DU nie ehrlich mit IHM warst.« Mich
traf der hasserfüllteste Blick, denn ich je gesehen habe.
»Ooder« – ich konnte diesen Augen einfach nicht
standhalten – »er ist einfach nur ein riesen großer
Idiot.« Ich beugte mich näher zu Toni. »Aber er ist der
Idiot, den ich liebe.«

Toni sah mich glücklich an. »Ich liebe dich auch.«
Und während mein Herz noch vor Freude hüpfte, dass
er es endlich gesagt hatte, schnaubte Xisca verächtlich.
Danach sagte sie irgendwas wie »Oh, bitte!« Ich konnte
es nicht genau verstehen, da mich mein Idiot gerade zu
sich ran zog und seine weichen Lippen meine
berührten. Und mal ehrlich, keiner kann von mir
erwarten, dass ich in so einem Moment noch genau
zuhören kann. Auf einmal wurde die Musik lauter und
die ersten Leute standen von ihren Stühlen auf.

Toni sah mich auffordernd an. »Wollen wir tanzen?«
So langsam müsste er doch eigentlich wissen, dass ich
ihm keinen Wunsch abschlagen kann. Also nahm ich
seine Hand und zog ihn mitten auf die Tanzfläche.

»Dir ist schon klar, dass wir darüber nochmal reden
müssen, oder? Immerhin war das ein grober
Vertrauensbruch. Damit kommst Du nicht ungestraft
davon«, sagte ich gespielt streng.

»Alles, was Du willst.« Zart streichelte er meine
Hände. »Aber dafür haben wir noch unser ganzes
Leben lang Zeit.«

»Wenn ich es so lange mit dir aushalte«, antwortete ich lachend. Dann schlang ich meine Arme um seinen Hals und er drückte mich fest an sich. »Ich lasse Dich nie mehr gehen, Jenna. Versprochen.«

Während wir eng umschlungen nur Augen füreinander hatten, ging die Sonne unter und hüllte den Saal in dieses wunderschöne orangefarbene Licht.

Ich denke, manche Dinge passieren aus einem ganz bestimmten Grund. Und auch wenn man den Sinn noch nicht erkennen kann, am Ende wartet doch etwas Großes. Und manchmal, wenn man großes Glück hat, dann ist es Liebe. Ich für meinen Teil habe das erste Mal in meinem Leben keine Angst vor der Zukunft.

Dieses Buch wäre sicher nicht fertig geworden, wenn ich Euch nicht an meiner Seite hätte.

Danke.

Leseprobe „Weißes Gold"
Erscheinungsdatum voraussichtlich Anfang 2017

Er war hübsch. Zu hübsch. Vielleicht hätte er mich interessiert, wenn ich keinen Freund hätte, aber wahrscheinlich eher nicht. Ich mag keine perfekten Gesichter. Wenn ich jemand attraktivem begegne bin ich ohnehin eher kühler. Ich denke einfach, es gibt schon genug kleine Mädchen, die ihnen Ihre Bestätigung geben, da muss ich mich nicht auch nicht einreihen. Sie brauchen nicht glauben, bloß weil sie hübsch sind, läge ihnen die ganze Welt zu Füßen. Wahrscheinlich ist es total bescheuert was ich da mache, aber irgendwie gibt es dem kleinen dicken Mädchen aus meiner Vergangenheit ein kleines Stück Genugtuung. Jedenfalls stehe ich viel eher auf interessante Gesichter. Ich beschreibe es immer als „verbraucht" wobei das eigentlich nicht der richtige Ausdruck ist. Ich würde eher sagen „vom Leben gezeichnet". Denn ein Mensch, der das Leben nicht gesehen hat, ist ein ziemlich armer Mensch. Und diese Dinge die man erlebt gehen eben nicht spurlos an einem vorbei. Meine Spanischlehrerin hat immer gesagt: „Ich bin gespannt darauf, euch in zwanzig Jahren wiederzusehen. Denn erst mit den Jahren bildet sich der individuelle Charakter heraus." Und da hat sie vollkommen Recht. Und der Kandidat der hier vor mir steht hat weder einen drei-Tage-Bart noch größere Furchen im Gesicht. Sein Leben ist mit Sicherheit ziemlich glatt verlaufen. Vielleicht der ganze Stolz von Papa und Mama? Ich betrachte ihn genauer. Unter der linken Augenbraue hat er eine kleine, Sichelförmige Narbe, nicht größer als ein Reiskorn. Ich musste zwangsläufig an Mauro denken. Mein Freund war innen und außen ein ganzer Kerl. Wenn man ihn sah kam man schwer auf die Idee, dass er auch liebe Seiten hatte. Während Carlos im Beigefarbenen Anzug vor mir stand konnte ich mich nicht erinnern, Mauro jemals so gesehen zu haben. Meist warf er sich das über, was so rumlag, obwohl es bewundernswerterweise immer zusammenpasste. Er hatte irgendwie ein Händchen dafür. Seine braunen Augen waren von dunklen Schatten umrandet und seine Stirn von tiefen Furchen durchzogen. An guten Tagen ging er noch glatt als Ende zwanzig durch, manchmal sah man ihm jedoch an, dass er bald seinen 35. Geburtstag feierte. Wir hatten uns ganz unspektakulär in der Disko kennengelernt. Hier auf Mallorca lebte man vornehmlich vom Tourismus, was allerdings nur ein Saisongeschäft ist. Im Winter wird also normalerweise das nachgeholt, wofür im Sommer kaum Zeit bleibt.

Das hieß hier hauptsächlich Fiesta und buena vida. Also nichts tun. Die ersten paar Wochen mag das nach einem stressigen Sommer -bei einigen sogar ohne freien Tag- ja noch ganz schön sein, aber irgendwann im zweiten Monat holten mich jedes Mal meine deutschen Wurzeln ein. Ich konnte doch nicht fünf Monate mit nichts tun verbringen. Konnte ich, fand zumindest meine Freundin Elena. Sie lebte schon seit sieben Jahren auf der Insel und befand sich seitdem im Tourismus-Zirkus. Ihr schien diese offensichtliche Falschverteilung von Arbeit und Freizeit auch nicht besonders viel auszumachen. Im Sommer hieß es: „Bald kommt der Winter, dann können wir uns entspannen." Einige Monate später dann: „Ich möchte endlich anfangen, zu arbeiten. Ach, das geht jetzt so schnell." Und das war alles. Sommer war Arbeit, Winter Entspannung. Im Sommer war es egal, welchen Stein man anhob, irgendwo fand sich immer jemand, der nachts feiern gehen wollte. Aber was schwer fiel, war die Arbeitszeiten so in Einklang zu bringen, dass man außer Diskolicht auch mal an der Sonne normale Gespräche führen konnte. Zumindest ging es mir mit Elena so. Sie war außer meiner Freundin auch meine Mitbewohnerin und eine der glücklichen mit einem freien Tag in der Woche, den sie mal mit mir, mal mit ihrem On-Off Freund Pepe (eigentlich José) verbrachte. Oftmals vergingen aber auch drei

Wochen in denen wir uns nur abends zum Essen sahen, da sie sehr bekannt war und ständig jemand mit ihr feiern gehen wollte. Da konnte sie leider schlecht ablehnen. Elena war, egal wo sie hinkam, die Seele der Feier. Sie zog mit ihren langen blonden Haaren stets die Blicke auf sich und wusste sich zu bewegen. Ich mochte es, mit ihr auszugehen. Sie schaffte es jedes Mal, mich zu animieren, wenn ich mich eigentlich zu matschig zum Tanzen fühlte. Sie zeigte mir auch, meine Hüften richtig zu bewegen. Schnell ersetzten heiße Lateinamerikanische Klänge die englische Musik auf meinem iPod. Ich war verliebt in diese fremde Kultur, die unbändige Lebensfreude. Wenn wir unsere Lieder hörten, wenn wir tanzten, dann gab es nichts anderes, keine Probleme. An einem der Winterwochenenden, auf die man sich die ganze Woche über freute, gingen wir aus. Die restlichen Tage der Woche verbrachten wir mit Kaffee trinken, Spazieren gehen und auf dem Sofa Filme gucken. Aber als endlich der Samstag kam, zogen wir uns die kurzen Kleider an, die bei diesen Temperaturen völlig ungeeignet erschienen, suchten die hohen Schuhe aus der hintersten Ecke im Schrank und stöckelten los.

Ich sah ihn gleich als wir den flackernd erleuchteten Raum betraten. Und mit ihn meinte ich nicht Mauro sondern seinen Freund Manuel. Er war mein absoluter Prototyp eines Mannes und stach mir gleich ins Auge. Elena und ich nahmen unsere Plätze auf der noch leeren Tanzfläche ein, um sie wie üblich zum Leben zu erwecken. Dafür war uns Fonsi, der Betreiber, ziemlich dankbar, sodass er uns jedes Mal auf einen Cocktail einlud und mich danach in sein Büro. Wie jedes Mal lehnte ich letzteres dankend ab, konnte ihm aber zumindest einen Tanz nicht abschlagen. Während er sich eng an mich drückte spürte ich ihn an meinem Bein und wäre am liebsten weggelaufen. In diesem Moment tippt mir Mauro auf die Schulter. „Hi." Breit grinsend wandte er sich dann an Fonsi, dessen richtigen Namen ich nicht wusste. Ich nannte ihn so, weil er ein bisschen aussah wie eine drogensüchtige Version von Luis Fonsi dem Puertoricanischen Sänger. „Darf ich ablösen?" Widerwillig ließ er von mir ab und ich entspannte mich sofort. Mauro nahm meine Hände und wir begannen uns zu bewegen. Er wirbelte mich herum bis mein Gesicht ganz rot war und die ersten Schweißtropfen drohten meine Stirn hinabzurinnen. Nichts machte mich schärfer als ein Mann der Tanzen konnte. Ich leckte mir hektisch über die Lippen und versuchte es mir nicht anmerken zu lassen. „Ich bin übrigens Mauro", sagte er in mein rechtes Ohr. Seine Stimme war angenehm. Obwohl die Musik in meinen Ohren dröhnte schrie er nicht.

„Lilly", entgegnete ich seinem Ohr.

„Freut mich." Er gab mir zwei Küsschen auf die Wangen und beugte sich wieder zu meinem Ohr.

„Ich dachte immer, er wäre schwul. Aber das gilt wohl nur für bestimmte Tage."

„Für bestimmte Tage?", erwiderte ich schreiend.

„Wenn er drauf ist."

„Drauf? Wo drauf?" Statt einer Antwort rieb er sich mit dem Finger unter der Nase. „Oh." Ich verstand.

„Auf die Gefahr hin, dass du den Spruch schon Millionen Mal gehört hast- Du bist wirklich schön, wie eine Blume."

Ich lachte. „Nein, erst knapp neunhundert tausend mal." Ich bemerkte, dass Mauro unruhig von einem Fuß auf dem anderen trat. „Was ist los?"

„Eigentlich sollte ich dich ansprechen, weil mein Kumpel dich toll fand aber du gefällst mir selber so gut, dass ich dich ihm leider nicht überlassen kann." Der hübsche Typ der am Tresen lehnte fand mich also gut. Sehr schön. Aber wenn er was wollte, sollte er selber kommen. Genau das sagte ich Mauro dann auch.

„Sehr gut", kommentierte er knapp, legte mir die Hände auf die Hüften und begann mich erneut herumzuwirbeln. Diesmal noch leidenschaftlicher als beim ersten Mal.

Bevor uns das Anschalten der Beleuchtung aus dem Lokal schmiss, verließ ich es angeheitert mit Ela und Mauro im Schlepptau. Wir wollten noch zum Strand gehen. Ela fragte mich später fünf mal, ob sie mich wirklich allein lassen konnte, ob ich wusste, was ich tat. Ich nickte jedes Mal knapp und wedelte ihr mit der Hand zum Abschied. Sie gab mir einen Kuss auf die Wange und sagte an Mauro gewandt: „Pass bloß aus sie auf!" Er salutierte ihr wie ein Marineoffizier und legte mir einen Arm um die Schulter. Es war eine dieser Nächte, an denen mir alles egal war. Leider hatte Alkohol diesen Einfluss auf mich. Was passierte, passierte. Elena wusste um meine Schwäche, und doch ließ sie mich mit ihm allein. Unverantwortlich, aber sie hatte währenddessen mit Manuel angebändelt und wollte ebenso ungestört sein. Alles woran ich mich erinnere nachdem sie gegangen war beschränkte sich auf eine fremde Zimmerdecke.

Ich wachte mit den schlimmsten Kopfschmerzen meines Lebens auf. Was hatte ich nur getan.. Neben mir lag schnarchend ein gebräunter Männerkörper. Oh nein, dachte ich in diesem Moment und drückte meinen Kopf in die Kissen. Als ich gerade aufstehen und still meine Sachen zusammensuchen wollte um unbemerkt zu verschwinden gab der braune Körper unter der Decke etwas von sich. „Guten Morgen." Schokoladenbraune Augen blinzelten mich verschlafen an. In seinen Augen lag ein schelmischer Ausdruck der mir gefiel. „Hast du besser geschlafen, als ich?"

„Ich weiß nicht", sagte ich wahrheitsgemäß.

„Das denk ich mir. Du warst völlig weggetreten, so konnte ich dich nicht alleine lassen. Und du warst leider nicht fähig, mir deine Adresse mitzuteilen."

"Was?" Ich merkte, dass ich rot anlief. „Also ist nichts passiert?"

Mauro lachte auf. „Nekrophilie ist nicht so meins." Sanft strich er mir eine Haarsträhne aus dem Gesicht. „Du siehst schon viel besser aus. Keinen Alkohol mehr für dich."

Seitdem sind wir irgendwie zusammen. Ich fand es schön, dass endlich mal jemand an mir interessiert war und nicht nur eine Nacht an meinen Körper. Es verging nicht ein Tag, an dem wir uns nicht sahen und keine Nacht, in der ich alleine schlafen musste. Zumindest einige Stunden war er immer an meiner Seite.

Der viel zu hübsche Mann stellte sich als Carlos heraus, der außer gutem Aussehen auch noch eine Menge anderer Dinge zu bieten hatte. Wir sahen uns immer nur, wenn Ela dabei war und redeten auch nicht besonders viel, da ich mich Mauro gegenüber sonst echt schlecht gefühlt hätte. Und so wusste ich über ihn eigentlich nur, dass er sein eigenes kleines Unternehmen leitete und in Barcelona wohnte. Hier auf Mallorca war er nur zu Besuch bei einem Freund, und versuchte währenddessen seine Geschäftsbeziehungen weiter auszuweiten.

Und in diesem Moment stand er vor mir und sah mich mit schief gelegtem Kopf aus seinen haselnussbraunen Augen an. Er wirkte dabei so ehrlich und verletzlich wie das kleine Bambi, nachdem es allein, ohne seine Mutter, auf der Lichtung im Wald stand. Auf eine Antwort wartend verzog er den schiefen Mund zu einem Lächeln. Es brach mir das Herz, ihn so zu sehen. Hatte ich ihn doch bisher eher als den starken, unnahbaren Alleskönner erlebt. Ich gebe es ungern zu, aber mir gefiel diese anderer Facette an ihm. Einen Macho hatte ich bereits Zuhause. Ich konnte das Unvermeidbare nicht mehr lange herauszögern. Also seufzte ich schließlich und sagte ihm: „Hör zu Carlos, ich bin ganz ehrlich beeindruckt. Ich meine, schau dir nur all diese Blumen an! Wie hast du das alles auf die Beine gestellt?"

„Jemand schuldete mir noch einen Gefallen", antwortete er mit einem schüchternen Grinsen.

„Das ist aber mehr als ein Gefallen." Mir drehte sich der Magen um beim Gedanken daran, was ihn das wohl gekostet haben mochte. „Du hättest dir wirklich nicht solche Umstände machen dürfen!" Ich versuchte erfolglos das Bambi mit einem strafenden Blick zu bedenken. „Die sind wirklich wunderschön", sagte ich mit sanfter Stimme. „Aber..."

„Ich verstehe." In scheinbarer Resignation ließ er die Schulter hängen. „Du hättest lieber Rosen gehabt."

„Was? Nein! Das ist es nicht. Ich habe einen Freund!"

„Ich weiß. Aber dass du mit jemandem zusammen bist heißt noch lange nicht, dass er der Richtige für dich ist."

Ich stieß scharf die Luft aus von der ich gar nicht wusste, dass ich sie angehalten hatte. „Es wäre einfach nicht fair ihm gegenüber. Ich bin nämlich kein Vertreter dieses tollen Sprichworts."

Fragend legte er den Kopf schief.

„Augen die nicht sehen..."

„Herz, das nicht fühlt", setzte er den Satz fort. „Das kenne ich." Carlos nahm meine Hände in seine. Sie waren warm und sanft, von keiner einzigen Schwiele gezeichnet. Mauros Hände waren grob und derb. Unzählige Narben zeugten von Schnitten, die er sich bei der Arbeit im Hotelgarten zugezogen hatte. Obwohl die Geschichte umging, ein wütender Klient hätte ihm mit einem Messer in die Hand geschnitten, weil Mauro ihm schlechten Stoff verkauft hatte. Also bitte. Schauten denn die Leute zu viel Fernsehen? Jetzt, da ich Carlos weiche Haut auf meiner spürte fiel mir auf, dass auch die Art meine Hand zu halten ganz anders war. Mauro war immer irgendwie hart und distanziert. Ich hatte oft das Gefühl nicht bis zu seiner Seele vorzudringen. Wenn ich zu tief bohrte legte sich ein Schatten über seine Augen, als ließe er symbolisch die Jalousien herunter, um sein Innerstes vor mir zu verbergen. Dabei war ich ja nicht einfach irgendwer. Ich würde ihm niemals wehtun! Und doch schien mir Mauro nicht über den Weg zu trauen, obwohl er derjenige war, der schon Probleme mit dem Gesetzt gehabt hatte. Ich kann nicht genau sagen, woran es lag, aber ich fühlte, dass Carlos ehrlich zu mir sein würde. Ich beobachtet wie sich sein Brustkorb kräftig hob und wieder senkte. „Ich verstehe Dich", sagte er schließlich. Dann ließ er seine Hände sinken, lächelte mir zum Abschied zu und ließ mich allein zurück. Inmitten diesen Meeres aus wunderschönen blau blühenden Kornblumen. Keine Rosen, sondern nicht weniger als meine Lieblingsblumen.

Das war das erste Mal, dass Carlos mich überraschte und das letzte Mal, dass ich ihn sah.